Brigitte Kronauer

Die Tricks der Diva

Geschichten

Philipp Reclam jun. Stuttgart

Umschlagabbildung:
Dieter Asmus: Porträt B. K., 1995

RECLAMS UNIVERSAL-BIBLIOTHEK Nr. 18334

Gesamtherstellung: Reclam, Ditzingen. Printed in Germany 2005

ISBN 3-15-018334-0

www.reclam.de

Inhalt

Im Gebirg'

Hornochse! Das böse, sehr böse Wort. Immerhin ist Schluß mit der Stolperei. Er hat die tückischen Baumwurzeln hinter sich. Zwischen den Felsbrocken, auf dem steilen, aber sonst ganz braven Weg darf er sich fühlen wie ein Tier, das für seine lauernden Muskeln endlich Auslauf bekommt, der kleine Lackaffe. Er kennt zwar die Gegend nicht, aber Hemd und Hose sind geröllgrau, der Rucksack leicht, kein Gramm zuviel darin. An den Schuhen gibt es nichts auszusetzen. Nur etwas wenig Knöchelschutz vielleicht? Frisch eingekleidet für die Bergwelt. Alles paßt. In die Freiheit, in die Höhe, fort, fort in die schöne, steinige Einsamkeit, jaja, in die Menschenleere. Warum nicht?

Aber da staunt er nun doch gewaltig: Die Alpenkühe mit den Glocken am breiten Lederband, wie er's im Buch gesehen hat, sahnig und nougatbraun die treuen, pelzigen Ohren, kommen plötzlich in Scharen aus der Einöde herunter, ihm entgegen in breiter Front. Wo sie nur hintreten können, ohne sich zu verletzen, ohne in den tiefen Wildbacheinschnitt zu stürzen, da sind sie auf einen Schlag. Er ist mitten unter ihnen und interessiert sie nicht. Keine wendet ihm das Auge zu, das wunderbar von schwarzer Linie umschlungene. Ein junger Mann trägt einen Stecken, ist mal hier, mal dort, ruft auch manchmal Huh oder Wuh, Nuh und Hoi. Schon wissen die Kühe Bescheid, rücken enger zusammen in der abwärtsflutenden Herde. Keine strauchelt im gefährlichen Gelände. Der Senn grüßt Herbert mit dem Ausruf: Gruh. Hoi oder Gruh, bleibt keinen Moment stehen bei ihm, bei Herbert.

So heißt er ja, Herbert, der in seiner sehr gut zur Umgebung passenden Kleidung, die ihn nahezu unauffindbar macht, in die Höhe stürmt. So gut er kann. Herbert, nicht Hornochse. »Hornochse« sagt sich Herbert, als er durch die Kühe hindurch ist. Das war das erste und das letzte Wort von Frau Mafelukow, so hat sie ihn eindeutig genannt. Es ist zwei Stunden her, er kommt nicht darüber hinweg. Eine weite Reise hat er gemacht, um sie wiederzusehen, hier, im Gebirge, wo sie, um sich einen mysteriösen Wunsch zu erfüllen, wohnt in ihrem Alter, in dem er sie kaum wiedererkannt hat nach den Jahren im Flachland. Da sitzt sie vor einem Holzhaus zwischen drei Frauen, die Karten spielen und hält einen Stoffhund auf dem Schoß, lächelt ihn nicht an, als er sie endlich nach vielem Herumfragen entdeckt hat, sagt nur »Hornochse«. Die drei anderen Frauen haben geschmunzelt, Gott, was haben die geschmunzelt, er mochte sie nicht leiden, verfolgten kalt, wie er rot wurde. Ohne mit dem Kartenspiel aufzuhören, erklärten sie ihm, daß Frau Mafelukow durch ihre Krankheit oft das richtige Wort nicht treffe. Sie meine Herbert, da solle er ganz zuversichtlich sein, könne aber nur das andere Wort herausbringen, das mit demselben Anfangsbuchstaben: Hhh... hornochse.

Hat er sie nicht in Wirklichkeit im Stich gelassen? Sie hielt zwar recht weltläufig Karten in der Hand, aber wohl nur zum Schein, nicht wie die anderen. Ganz dünn war sie, Frau Mafelukow, das Köpfchen so zart zwischen den mageren Schultern, die Ohren so groß zu beiden Seiten der Brille. Sie rührte sich nicht vom

Fleck, wie angebunden. »Tante Liligi!« hat er da gerufen, damit sie sich besser erinnerte an die Zeit, wo sie noch mit ihnen allen lebte, in seiner, in Herberts Familie. Da gab sie dem Stofftier einen Klaps und flüstert kläglich: »Hornochse«.

Was für häßliche drei Frauen in ihren altertümlichen Kleidern! Sie schienen durchaus über körperliche Kräfte zu verfügen und hatten aus lauter Bosheit die wenigen staubfarbenen Haare platt um den Schädel frisiert. Dadurch wirkten die Köpfe kahl wie die von Männern, aber jede hatte das Kinn angepreßt über einem feist rechthaberischen Busen, darunter eisern die Hände mit den Spielkarten. Diese Hände, das sah man gleich, mochten manches Schweinlein gemetzelt und manchem Gänschen das Federkleid ausgezogen haben. Alle drei hörten mit dem Feixen gar nicht mehr auf. Frau Mafelukow aber wirkte zwischen ihnen wie ein kleiner, greiser und daher entmachteter Geistlicher.

Ob er ihnen nicht etwas von ihr erzählen könne? Seit ihrer Krankheit wohne sie eigentlich nicht mehr bei sich in den eigenen vier Wänden. Sie drei hätten sich ihrer, die ja hier eine Fremde sei, angenommen, wüßten jedoch kaum etwas aus ihrem Leben. Herbert mußte beschämt bekennen, daß es bei ihm nicht anders war, daß sie, seit seiner Kindheit ein unechtes Familienmitglied, kaum über sich gesprochen habe, eigentlich nur ein einziges Mal, auch wohl von niemandem danach gefragt worden sei, immer jedoch Geschichten erzählt habe aus seiner, Herberts Familie, zu aller Begeisterung. »Sie war eben von Anfang an da«, hat Herbert gestottert. Es sei schmerzlich für ihn, daß ausgerechnet sie, das wandelnde Gedächtnis seiner, Herberts Familie, nicht mehr regulär sprechen könne.

Allerdings, im Stillen, muß sich Herbert da nicht eingestehen, daß er sie ja gerade in den letzten Jahren gemieden hat, weil er nicht ewig die Wiederholung immer desselben hören wollte? Und dann plötzlich gar nichts mehr, ein solcher Kahlschlag endgültig in ihrem zuverlässigen Gehirn? Was sollten ihn die drei Weiber, die grinsenden Brocken stören! Er wollte unbedingt versuchen, das Licht seiner Kindheit, Liligi Mafelukow, zu beleben und nun rückwärts und umgekehrt ihre eigenen Geschichten frisch in Liligis Kopf erwecken. Vielleicht waren es ja Einrichtungsgegenstände unter ihren Schädelknochen, die nur angeleuchtet werden mußten?

Das wird Herbert so einfallen, während er, vom Steigen nun doch schwitzend und schwer atmend, das Knattern in der Höhe hört. Eine Kuh fliegt durch den Himmel, haha, strampelt mit den Beinen in der Luft, die Flügel sind die eines Hubschraubers. Das wäre früher was für Liligi gewesen, sagt er sich. Die Kuh wird nicht weit von Herbert auf einem waagerechten, von einer Bodenwelle für ihn verdeckten Wiesenstück abgesetzt. Als er daran vorbeikommt, jausen etwas abseits fröhliche Männer in kreischend roter Notdienstuniform, und das abgestürzte Kälbchen steht ratlos mit verbogenem Vorderbein ganz für sich. Ungewarnt, ohne Erklärung an langer Leine durch den leeren Himmel gesaust. Und jetzt? »Was wird aus ihm?« ruft Herbert den Männern zu. Sie wissen es noch nicht. Das Kälbchen starrt benommen vor sich hin und erwartet in Verlegenheit, ja Demut, was die roten Männer beschließen werden. Herbert ahnt halbwegs, daß es die letzten Menschen sind, die er auf seiner Wanderung, höher und höher, grauer und kühler, zu sehen bekommt.

Die drei Weiber mit ihren Spangen vor dem Hals, die mag er jedenfalls nicht leiden, die brüten was aus, die schmunzelnden Klötze, die will er mit jedem Schritt hinter sich lassen, wegstapfen und wegstampfen. Auch Frau Mafelukow haben sie so eine Brosche unterm Kinn verpaßt. Warum bloß? Die dickste der Frauen im schwarzen Kleid mit Hunderten von Gänseblümchen drauf, was sollte das sonst sein, hat ab und zu die Lehne von Liligis Stuhl getätschelt, als wäre sie es selbst. Dann machte es die andere Nachbarin genauso. Wie ein glatter Stamm fuhren bei der Hals und Gesicht in einem Stück aus dem Körper heraus. Frau Mafelukow aber, die tat plötzlich den Mund auf und sang mit ihrer hellen Kirchenchorstimme: »Im Gebirg', im Gebirg'«. Nichts weiter, immer dann, wenn die Frauen die Stuhllehne streichelten.

»Sie weint nicht, das sieht nur so aus, es ist die Lähmung«, sagte diejenige Frau, an deren schwarzem Kleid alles über und über mit weißer Litze eingefaßt war. Daraufhin schluckten sie alle ruckartig, ein Beben der Kehlsäcke, und auch Frau Mafelukow bebte unterhalb des Kinns nachahmend ein wenig mit. Herbert wäre schon da gern ausgerissen, nein, das gefiel dem kleinen Lackaffen nicht, aber er wollte auch nicht dulden, daß Liligis Gedächtnis, das Gedächtnis seiner Kindheit, einstmals strahlend starr ohne Erosionsspuren, so ganz und gar zermahlen war. »Aber«, fuhr die Frau mit der vielen Litze fort, »sie lacht auch nicht. Das sieht wieder nur so aus. Wieder die Lähmung, nichts sonst.« Sie schluckten bestätigend, als würden sie kleine, schmackhafte Frösche runterwürgen. »Im Gebirg', im Gebirg'«, sang Liligi, aber nur, weil man ihre Stuhllehne berührte.

Habe ich da nicht, sagt sich Herbert im Steigen, im flüchtigen Lauschen auf die munter, wie kichernd rollenden Steinchen unter seinen Füßen, habe ich da nicht einfach angefangen, ihr die eigenen Geschichten, wie man sagt, vor Augen zu rufen? »Tante Liligi, weißt du noch? Weißt du nicht mehr die Sache mit dem großen weißen Hintern in der Hecke? Der Hintern, der immer auf und nieder hüpfte, aber schließlich, hoch, tief, hoch, tief, einer herzensguten Frau gehörte, die sich mit ihrem Sonntagsanzug in den Liguster geworfen hatte und mit ihren Sprüngen versuchte, über die Hecke weg Plastikfetzen vom Seerand zu fischen, damit die naschhaften Enten und jungen Schwäne, die alles verschlingen wollen, nicht daran zugrunde gingen?«

»Mutter!« antwortete Frau Mafelukow – ob sie vielleicht aus dem Baltischen kam? – darauf mit fester Stimme. Vor Herbert wurde der große Felsturm allmählich zu einer gebauten Burg, zu einer fahl verklärten Festung vor einem finsteren Schicksalshimmel. Er hatte ihr dann erläutert, die Hopsende sei eine wildfremde Person gewesen.

Wollte er nicht uneigennützig sein und die lieben alten Geschichten seiner eigenen Kindheit auslassen, stattdessen von Tieren, die Liligi immer so gern gehabt hatte, reden? »Erinnerst du dich an Herrn Rosen? Eines Tages ist dir im Wald ein herrliches weißes Pferd ohne Zaumzeug entgegengelaufen, dahinter ein Pony, zwei Hunde und eine Katze, zum Schluß ein rüstiger, wenn auch gebeugter Mann. Das, stellte sich heraus, war Herr Rosen, schon achtzig Jahre alt, mit seinem Schimmel, zwanzig Jahre. Jeden Tag ging Herr Rosen mit seinem Pferd Willi spazieren und meist wanderten andere Tiere zur Begleitung mit. Seine einzige Angst war die, er würde vor dem Schimmel sterben, aber auch umgekehrt.«

Der kleine Hornochse war gar nicht mehr zu bremsen, nahm gar keine Rücksicht mehr auf die drei würdigen Gastgeberinnen. »Vater?« hatte Frau Mafelukow gefragt. Schon ging es mit einer anderen Sache los: »Tante Liligi, gab es nicht eine Frau, die sich eingebildet hat, in ihrem Zimmer lebe eine Maus, die jede Nacht die Wände abgraste und auch ihr schlafendes Gesicht? Wochenlang hat sie alle damit verrückt gemacht, man konnte vor Mausefallen nirgendwo mehr hintreten. Sie behauptete ja auch, das ganze Viertel hätte Angst vor dem Tier. Wie ist es nur ausgegangen?«

Frau Mafelukow nickt: »Mutter!« Die drei Frauen haben einfach weiter Karten gespielt, aber nicht die Karten, sondern Herbert kaum aus den Augen gelassen und dabei mit den Kehlsäcken gezuckt, als würde es ihnen Spaß machen, als würden sie sich heimlich Zeichen geben. Ihre Gesichter wurden immer röter dabei.

Herbert, wie er steigt und schwitzt und sich seiner Freiheit freut, während die Steinchen um ihn plätschern voller Übermut in der Einöde. Er ist den drei, vier Frauen glücklich entronnen, aber vorhin, da hat er noch mehr hervorgekramt, um Frau Mafelukow ohne Sinn und Verstand in die Vergangenheit zu locken. Sie würde ja doch nie wieder Herbert zu ihm sagen: »Das Liebespaar Hans und Ursula, Tante Liligi. Wie hast du da gelacht. Hans hat wegen Ursula ein Haus gebaut und Ursula aber plötzlich wegen eines schwarzen Schlagzeugers trommeln gelernt. Nach drei Jahren war alles vorbei zwischen den beiden. Und was hat der traurige Hans getan? Eine werweißwie grobschlächtige Alpenstilbank in gebirgiger Gegend gestiftet mit dem Spruch ›In memoriam. Wunderbare Liebe 90 bis 93, Ursula und Hans‹. Seitdem sieht man in der Nähe häufig einen lakritzschwarzen Salamander und eine hellbraune Kröte mit dunklen Flecken.«

Hier haben die Frauen ihre Kehlsäcke beben lassen wie noch kein Mal zuvor. Aufgestanden sind sie nicht, haben Karten gespielt, ohne den Blick von ihm zu wenden, wie er sich abmühte. Die mit den weißen Handschwingen, ach was, mit den Litzen natürlich, sagte: »Alle haben Angst davor.« Wovor denn? Herbert wußte genau, wovor er sich fürchtete. Ob es schlau wäre, ein Sätzchen mit den alten Weibern zu plaudern? »Etwas kann ich Ihnen sagen. Wissen Sie, weshalb sie den eigenartigen Vornamen hat? Weil ihre Eltern einen Ausgleich wollten für den Nachnamen, in dem alle Vokale bis auf das i vorkommen. A e u o. Das hat Liligi erzählt über sich, sehen Sie, das habe ich behalten.« Die Frauen gaben keinen Ton von sich, starrten nur ohne Nachsicht schmunzelnd. »Mutter und Vater«, sagte Frau Mafelukow. Herbert hätte so gern ein bißchen getrunken. Man gab ihm nicht mal Wasser. Verzweifelt probierte er es mit einem Trick:

»Genua, Tante Liligi!« Wann schwitzte der kleine Lackaffe stärker, vorhin oder jetzt? »Genua, die glatte schwarze Stadt mit den scharfen Lichtspalten, hast du immer behauptet. Denk dieses eine Mal nach, der Palast mit dem Kronleuchter, groß wie ein Dienstmädchenzimmer! Vor der Eingangstür aus weißem Marmor die Wölfin mit zwei Menschensäuglingen, Romulus und Remus, gegenüber ein Schwan, ebenfalls mit Menschenzwillingen, die gerade aus dem Ei schlüpfen. Das wolltest du nie vergessen, diese Tiere mit den doppelten menschlichen Neugeborenen.«

Wir häßlichen Frauen haben da wohl Herbert, den armen Teufel, sehr erschreckt durch unser dumpfes, brummendes Lachen. Was sagte Frau Mafelukow diesmal? Man hörte es im Gelächter nicht, kann es sich aber denken: Mutter und Vater! Natürlich. Da läßt sie sich nicht aufs Glatteis führen. Herbert hat die Flucht ergriffen, das Weite gesucht, unsere kleine Liligi aufgegeben. Jetzt wundert er sich über das zuckende Licht in der Landschaft. Es wird doch nur an- und ausgeknipst. Tief, tief atmet er durch in der Einsamkeit. Das tut gut, Herbert, nicht wahr, das ist die Freiheit im grauen Geröll, und wir sind weit, so weit weg von dir. Haha!

Etwas geht Herbert natürlich im Kopf herum. Als er aufbrach, überstürzt aufbrach, konnte ihm Frau Mafelukow nicht die Hand geben, denn in der einen hielt sie den Stoffhund und in der anderen die Spielkarten, aber sie hat gerufen, so laut sie konnte: »Hornochse, Hornochse!« Er hat sich zuerst wieder gekränkt gefühlt, aber nun, dort oben, wo es keine Menschenseele gibt außer ihm, da horcht er dem Klang nach, und auf einmal entdeckt er, daß es sich sehr bang anhörte, flehentlich. Auch, glaubt er, muß er sich ja das Wort Herbert für Hornochse einsetzen. Herbert! Herbert! So hat es in ihrem Kopf gerufen. Da erkennt er, daß er sie in ihrer Not allein gelassen hat und ihren Hilferuf nicht begreifen wollte, weil sie ja, hemhem, in unserer lästigen, abscheulich dreifachen Obhut steht und da nun auch endgültig bleiben wird, allein auf der Welt wie sie ist.

Um so mehr begeistert sich Herbert an der grauen Eintönigkeit, an der Starre und rasend schönen Übermacht des Steinigen im stumpfen und scharfen Glanz, weit, so weit weg von uns. Und hoch, hoch über ihm die Felszacken! Aus einem wächst Gestrüpp. Kann das denn sein? Ein ganzes Rudel von Gemsen? Er reißt das Fernrohr vor die Augen, hat ja an alles gedacht. Und siehe da: Das Gebirge ist auf seiner, Herberts Seite, ist besser zu ihm als die bösen Schmunzlerinnen. Es macht ihm eine unglaubliche Ansicht zum Geschenk, gleich beim ersten Mal.

Denn dort oben ist schweigend das Fanal einer anderen Welt erschienen, etwas Unaussprechliches ist Fleisch geworden. Herbert glaubt, ihm müsse das Herz aufhören zu schlagen vor Freude, er stößt einen Schrei aus in seinem Glück. Ohne Regung triumphieren die Steinböcke im gewaltigen unverkennbaren Hörnerschmuck, zeigen lautlos signalisierend die Pracht ihrer Umrißlinien, mit allen Einzelheiten in den Himmel geschnitten.

Wie gut, wie gut, daß er uns klobigen, rotgesichtigen Frauen entronnen ist, sagt sich da der kleine Lackaffe. Wir aber schmunzeln und passen auf unsere Liligi auf. Wie artig sie gelernt hat, zur Geselligkeit und zum Schein die Spielkarten zu halten! Und was ist das? Hat Herbert in seiner übergroßen Freude und im ununterbrochenen Hochsehen nicht aufgepaßt? Das teure Fernglas, das achgottachgott nagelneue! Aus den Händen gefallen, in die Senke zwischen die Felsbrocken gerollt. Schon stößt Frau Mafelukows Hornochse einen Schrei aus in seinem Unglück.

Wie das wechselt!

Jetzt ist der Lackaffe ein Pechvogel geworden. Hoffentlich achtet er genau auf seine Schritte, wenn er zwischen den Steinen herumsteigt, um das Glas zu suchen. Mit dem Gebirge ist nicht zu spaßen. O doch, sehr achtsam und zaghaft fluchend klettert er abwärts. Ob die Steinböcke noch immer von ihrer schwindelnden Höhe herab geräuschlose Zeugen des Vorfalls sind? Herbert hätte es nicht gerade jetzt überprüfen sollen, denn seht euch das an, er ist mit dem Fuß umgeknickt, irgendwas stimmt da nicht, hat sich richtig verletzt in der Einöde dort oben und schleppt sich, ein bißchen zu wehleidig vielleicht, zu einem Stein, der aussieht wie ein Kinderstühlchen. Und es wird anschwellen, das Fußgelenk, da gibt es kein Vertun. Damit wird er gar nicht mehr laufen können, nicht laufen oder weglaufen können. Komm, Liligi, sing dein Liedchen: »Im Gebirg', im Gebirg'«.

Diese Massen um ihn herum, Herbert nimmt sie erst sitzend richtig wahr, die gewaltsamen Steinkörper, die hier zusammenstehen! Er spürt den Druck und die Verdrängung jeder anderen Herrschaft, diese aufgetürmten und herabgestürzten Felsen im grauen Drohen und Blenden. Nichts anderes als das ist zugelassen. Ja, jetzt fühlt er das Pulsieren der Berge, unser kleiner Wanderer, jetzt hört er doppelt das fidele Hinabrollen von oben, und was sieht er? Das Geröllfeld zwischen den beiden Hängen. Mordsblöcke, die nicht weiterkonnten und liegenbleiben müssen und nichts tun als auf ihre Zersetzung zu warten, kleiner als Hundeschädel und größer andere als Särge und Truhen, es könnten Skelettchen winziger Tiere sein und in Beton gegossene Bunkereingänge und alles Natur, keine menschliche Produktion dabei, keine Menschenhand, keine Menschenseele und keine, wollen wir doch hoffen, menschlichen Überreste, nur Herbert mit seinem Knöchel, der schon dreimal so dick wie eben ist und der kahle Hang voll von grauen Felsvögeln oder Gesteinssplittern, die ununterbrochen zwitschern und besorgt vor sich hinflüstern.

Ja, da denkt er und täte es besser nicht in diesem Moment, daß er eigentlich in Frau Mafelukows Kopf hockt. Es war nur so eine Flause, aber nun wird er sie nicht mehr los. Wie sollte man da nicht schmunzeln über das Herrlein! Genau so, durchfährt es unseren verflossenen Gast, der noch nicht mal nach unserem Kartenspiel gefragt und kein Mal gekiebitzt, nur auf unsere Busen, die rechte Majestäten sind, geglotzt hat, als wären es Steine des Anstoßes, bloß weil ein veritables Doppelkinn darüber sitzt. Sind wir nicht groß, dick und ansehnlich? Erscheinen wir der Welt nicht als starke, erfreuliche Gestalten? Aber wir verzeihen ihm, er hat Schmerzen, die immer stärker werden, schon bildet er sich ein, es könnte eine Art Fieber hinzukommen. Heiß wird ihm und kalt wie dem Felsen, wenn er verwittern soll.

Hockt also in Liligis leerem Kopf oder verwechselt ihn mit der Landschaft, humpelt durch ihr grau versteinertes, ausgeleertes Gedächtnis. Dumm von ihm. Bewegung macht den Schaden nur noch größer.

So würden die tückischen Weiber von Anfang an über mich tratschen und Gericht halten, sagt sich Herbert, und könnten sie mich überwachen: Sie täten es! Der Knöchel schmerzt so sehr, daß er sich vorsichtig fallen läßt. Plötzlich hat er das Gefühl, zuhause würden ihn drei Unglücke erwarten. Was könnte das sein? Ein Seitensprung seiner Frau, zusammen mit dem Bankrott seiner kleinen Installationsfirma und dem Tod seines treuen Felix?

Da drüben aber, vor den abgeschabten und entblößten Flanken, vor den untadeligen, von Pflanzen noch kaum überkrochenen Schuttkegeln, zwischen all den runtergerollten und -gesackten, -geströmten und -geglittenen Felstrümmern, ist das nicht der versteinerte Hintern der hopsenden Frau, die Enten und Schwäne vor dem Verderben retten wollte? Schon geht es weiter, hier, neben den Blöcken unter zerstörerischen Algen, Flechten und Moosen, die leise, leise wie andererseits Wind und Eis, Wasser und Schwerkraft ihre Angriffe auf die stolzen Bergmassen betreiben, sie benagen und zerlegen, zu Fugen aufreißen, in Bruchstücken absprengen: Herrn Rosens verwitternde Tierprozession, vom Pferd an immer kleiner werdend wie alles hier, immer kleiner. Die mächtige Stadt Genua, mitten in der Erosion, schon im Wachsen beginnen die Gesteine zu zerfallen, alles geht Berg und Bach hinunter, überall wird pausenlos gearbeitet an der Lockerung des Materials, in allen Poren und Spalten, Korrosion, Dehnung und Kompression, Temperatur und Niederschlag, Hitze, Kälte, Wasser als Hauptverursacher, aggressive physikalische, chemische, biologische Vorgänge in Permanenz, Herbert weiß es ja alles, hier, im sacht rieselnden, sacht grollenden Reich der Abtragung, mitten in der allseitigen Spannung des Gesteinsgefüges und des destruktiven Zusammenspiels ihm feindlich gesonnener Kräfte. Trudelt da nicht ein mausgroßer Stein die Schutthalde hinab, und er, Herbert, sitzt er nicht auf einem Stück Felsen, auf der traulichen und insgeheim schon gebrechlichen Spaziergängerbank von Ursula und Hans? Das ragt an Dingen so heraus aus dem Zerfall. Ach, sähe er in diesem Grauen des Niedergangs doch die zarte Frau Mafelukow von außen, nicht von innen, jetzt sogleich, um seine Schmerzen zu lindern mit den tröstlichen Umrissen ihrer kleinen, intakten Scheinfigur! Ein Durchfluten der Landschaft mit Licht und Dämmern, mit Leuchten, Erzittern, Entzücken und Liebe erfleht er jetzt.

Unser kleiner Lackaffe! Ein Grollen hört er wie das eines Gewitters oder das Brüllen eines Löwen. Und was sieht er? Die kreischend rot gekleideten Männer vom Notdienst. Sie tauchen nebeneinander aus einer Felsspalte, vielmehr über einem nicht wahrgenommenen Vorsprung der Wand auf. Herbert winkt mit beiden Armen, sie stehen am oberen Rand des Schuttkegels. Aber es sind ja gar nicht, hem hem, die Sanitäter, es sind drei, nein vier andere Wesen mit allerdings feuerrot umrandeten Augen und Kehlsäcken. Sie kommen näher, zügig und gemächlich auf hohen Beinen in versetzter Reihe, ruckartig bewegt sich ihr gewaltiger Schnabel. Unaufhaltsam, ohne den Abstand zueinander zu ändern, kommen sie auf Herbert, der sich an seinem Stein festkrallt, zu, und sich nicht rührt und kaum mehr atmet.

Er möchte sich totstellen, hem hem, denn er hat sie erkannt. »Sie fressen Schlangen, Frösche, junge Vögel, Insekten, kleine Säuger und leben in der Savanne«, versucht er sich zu beschwichtigen wider seine bessere Ahnung. »In ihrem großräumigen Jagdrevier«, stammelt er vor sich hin, »stöbern sie nach einem Steppenbrand tote oder schwer verwundete, vom Feuer geröstete Tiere auf. Ihr dumpfes Brüllen wird häufig mit dem von Löwen verwechselt. Sie haben«, schluchzt Herbert, »ein spezielles Jagdverfahren im Familienverband.« O ja, Herbert, das Mondkalb, erinnert sich. Und wie er sich erinnert! Das immerhin hat er unserer Liligi noch voraus. Er starrt auf die scheußlichen Kehlsäcke, die unter diesen Vögeln jedoch als Schmuck gelten. Sie sind mit Recht stolz darauf. In präzis auseinandergezogener Linie kommen sie auf ihn zu.

Herbert spricht jetzt aus, was er seit den Kindertagen mit Frau Mafelukow nicht mehr gesagt hat, den schönen, grausig berauschenden Satz: »Dann naht sich die Treiberkette der Hornraben. Dann naht sich die Treiberkette der Hornraben.« Und Herbert konnte ihnen damals nicht entrinnen, denn er war auf einmal ein kleines verletztes Säugetier. Ja schon, aber auch sie, die bösen, sehr bösen Hornraben kamen nicht weiter als bis zu diesem Satz.

Hier oben natürlich, wo ganze Berge zu Bruch und zugrunde gehen, da gelten andere Gesetze. Das wollen wir meinen! Da kennt sich der Kleine nicht aus. Doch was für eine Reue in Herbert zum Schluß, als ihm schwant, daß sich Liligi – wie mußten wir da alle drei schmunzeln – in ihrer Not mit aller Kraft bemühte, ihn zu warnen, nämlich »Hornochse, Hornochse« rief, Hornrabe – nicht Herbert – Hornrabe! aber rufen wollte. Hem hem.

Alle haben Angst davor.

Stille mit finsterer Figur

Phantastisch? Wunderbar und unglaublich? Stimmt, aber das Beste war, daß niemand es aussprach. Das blieb die eigentliche Rarität an diesem selbst für das geheimnisvolle Wendland ziemlich raren Natur-Kabinettstück.

Es lag ganz wehrlos neben einer Straße, auf der, schwarz und funkelnd, fast pausenlos die Motorräder hin- und herpreschten, vorbei an Blumenarrangements, die man für Verunglückte am Wegesrand errichtet hatte. Die Straße verfügte über einen so vielgestaltigen Kurvenreichtum, daß es in der Septembersonne kein Halten gab. Das gleichmütige Licht aus großer Höhe erzeugte tief unten eine Raserei mit nicht abreißender Kette zischender und donnernder Einzeltumulte. Niemand wußte, ob er nicht gerade die letzte Kurve seines Lebens nahm und wollte es von jeder nächsten wissen. Alle konnten an diesem Nachmittag unmöglich heil davonkommen, so viel war klar. Man mußte im Durchjagen der Strecke herauskriegen, wen es treffen würde.

Gleich daneben: lächerliche Baumreihe, struppige Hecke, flache Böschung, und schon war es beinahe totenstill geworden. Sogar das zügellose Verbalisieren, Pest aller Pestilenzen, setzte angesichts dieser Stille aus. Das heißt, es waren mindestens zwei Leute in die seltsame Gegend eingetreten, und die hielten jetzt den Mund. Sie hielten ihn vor Verblüffung und offenbar endlich bereit, ihre sexuelle Trägheit nach kurz zuvor erfolgter, bequemer gemeinsamer Sättigung auszukosten. Es tut vielleicht nichts zur Sache, jedoch: Die Frau war ich.

Ich würde schon heute die zufällig entdeckte Stelle nicht mehr wiederfinden. Handelte es sich um eine, wohl nur in dieser Region noch mögliche, halb vergessene Uferlandschaft an einem schwach strömenden Nebenfluß der Elbe? Oder eher um einen alten Seitenarm, den unübersichtliche Schilfzungen vom Hauptfluß abtrennten, Schilfinseln, die jetzt fahlgolden und braungolden in einer stürmischen, aber starren Schräge standen, in einem geräuschlosen Wind? Ja, geräuschlos, denn merkwürdigerweise, ich beharre darauf, löschte das schon eisige, oberflächlich von Wellenschauern überflutete Blau des Wassers das wahrscheinliche Flüstern der trockenen Gräser aus. Ja, so muß es zusammenhängen, sagte nicht der Verstand, jedoch der zuständigere Augenschein. Das Schilfgras übrigens noch zum Teil in grau wolligem Gold, Blütenstände des Sommers vermutlich. In dieser Abgeschiedenheit, in aller Harmlosigkeit gaben sie ein Stück über dem Wasserspiegel die gemütliche Note zur Beschwichtigung. Unter ihm nämlich beunruhigten mich eigentümlich senkrecht stehende Körper, kurze, eventuell tierische Zylinder, die dort gespannt auf etwas Lebhaftes zu warten schienen. Am nahen vegetativen Horizont bewegten sich Stockenten und wilde Schwäne nach närrischen, neckischen Spielregeln. Ich erinnere mich nicht an irgendeinen Ton von ihnen. Ein kleiner Holzsteg führte ins Wasser, in dem überall in Rudeln die Seerosen scharf blinkend ihre Blätter in den umlaufenden Brisen metallschuppig zu einem dauernden tückischen Winken und Signalisieren hochstellten, sie dann wieder flachlegten und nach kurzem Besinnen ein Stück weiter ihr glänzendes Fächeln fortsetzten. Es hatte aber nichts zu bedeuten, das war ja klar.

Hinzukam allerdings, daß plötzlich ein Mann (schwarz im Gegenlicht, womöglich in einer ledernen Motorradbekleidung), der sicherlich dort die ganze Zeit schon regungslos gestanden hatte, man konnte nicht sagen wodurch, für uns sichtbar wurde. Er rührte sich ja auch jetzt nicht. Bereits so, von hinten, paßte er phantastisch in diese wunderbare und unglaubliche Landschaft.

Er war uns vollkommen egal. Wir standen auf dem Holzsteg und dösten, wie gesagt, in der schönsten aller Ermattungen. Aber man nahm ihn eben doch wahr. Er paßte wie die kleinen egelartigen Körper unter dem Wasserspiegel in diesen nach allen Seiten pflanzlich gefaßten Naturausschnitt. Ich dachte bei seinem Ansichtigwerden bestimmt noch nicht an etwas wie Resümee oder gar Diagnose der Gegend, aber ich glotzte ihn, ohne es zu ahnen, offenbar hingerissen an. Ich war gar nicht hingerissen, warum denn auch? Es wirkte bloß hingerissen, so daß mir derjenige Mann, mit dem ich soeben zwei komfortable Stunden in einem Zimmer im Wendland verbracht hatte, gegen meinen Willen und sogar unter schmerzhafter Gewaltanwendung den Kopf wegdrehte, wobei sich seine Fingerkuppen so sehr in mein Gesichtsfleisch eindrückten, daß sie die obere und untere Zahnreihe dahinter peinigend auseinanderpreßten. Sogar als ich dadurch zwangsläufig längst in die andere Richtung sah, dabei schloß ich in Wirklichkeit aber vor Ärger oder wenigstens Überraschung die Augen und sah also überhaupt nichts, drängten seine Finger in drei konzentrierten Punkten (Daumen und Zeigefinger fehlen an seiner Hand, ich vergesse das oft) noch immer meine Wangen nach innen und bekräftigten den quälenden Druck. Unverständlicherweise fing mein Herz an zu klopfen wie den ganzen Tag über nicht, ich weiß nicht, als würde es sich endlich, endlich zu freuen anfangen, es pochte, als er mich in Ruhe ließ, immer weiter, die Abdruckstellen bleiben ja spürbar und nur langsam, langsam ebbte das ab.

Kein Wort wurde gesprochen. Ich öffnete schließlich wieder die Augen. Jetzt sträubte die Landschaft erst recht hocherregt im stärkeren abendlichen Wind das Fell, das Wasser war überschauert von einer Gänsehaut. Hier hatte die Anspannung keineswegs nachgelassen. Da erinnerte ich mich an den finsteren Mann, der sich irgendwo auf diesem still träumenden Schauplatz befand. Schauplatz! Schauplatz! dachte ich zum ersten Mal. Der Mann stand nicht mehr an seinem Ort. Er kam auf uns zu, nicht auf die provisorische Landungsbrücke natürlich, sondern nur von der westlichen Sonne her in unsere Nähe. Auf der Höhe unseres Holzstegs murmelte er etwas vor sich hin, einen Satz, den mein Begleiter für eine Bemerkung in einer osteuropäischen Sprache hielt. Ein Irrtum, denn ich verstand ihn ja, nur nicht in absoluter Genauigkeit. Er sagte: »Hier müßte es passieren!«, nur so für sich und vor sich hin, ein Schriftsteller oder Filmregisseur, der also glücklich die geeignete Kulisse für ein Ereignis, eine Gewalttat, nahm ich gleich an, ausfindig gemacht hatte.

Ich war aber nicht sicher, mein Herz klopfte noch immer etwas beschleunigt, sobald ich mich an den Augenblick von eben erinnerte, ob ich mich beim Umlaut verhört hatte. War nicht sicher, ob der Satz nicht lautete: »Hier mußte es passieren!« und der bleiche, schwarz gekleidete Mann nicht in künstlerischer Aufmachung, vielmehr in echter Trauerkleidung und menschlicher Beklommenheit eines hier tatsächlich, wer weiß wie, bereits zu Tode gekommenen Freundes oder Kindes gedachte, während er nun die paar Schritte hochging zur unverändert wie besessen von den Motorradfahrern genutzten Straße, mir aber die aus frostig blauem Wasser erhobenen Schilder der Seerosenblätter, mit spielenden Lichtern zwinkernd, flunkernde Signale funkten.

Dri Chinisin

Tagsüber ahnt niemand was, nicht mal die Mütter tun es, wenn sie uns zärtlich aus ihren Autos schubsen, morgens vor dem Kindergarten, wo uns die Tanten in Empfang nehmen, uns, die Augensterne und kleinen Juwelen. Augensterne, Augenweiden, hochwertige, noch ganz rundliche Lebewesen, von Kopf bis Fuß in rosigem und hellblauem Schimmer, die Haut reines Elfenbein wie das Firmament vor Sonnenaufgang, unsere Körperchen: prall geblähte Putten eines Rokokohimmels. Ist das ein Geschnatter, Geschäker und Geschmatze, wenn unsere aufgekratzten Mütter einander treffen und in die Arme werfen! Jede liefert gerade ihr Einundalles ab. Dann folgt das Mordsgewinke und schließlich das Davonbrausen ohne uns.

Abgeholt werden wir ein paar Stunden später natürlich auch, alle und immer. Was die Mütter in der Zwischenzeit treiben, das wissen wir kleinen Diamanten und Alibis nicht, sind aber unsererseits und unterdessen kaum schmutzig geworden. Die guten Tanten achten darauf, daß unser niedliches, zum Spaß zerfranstes und ausgeblichenes, aber sehr teures Zeug möglichst ohne Flecken bleibt. Obschon der Schaden unseren Müttern, denen wir süß zu Gesicht stehen und die an uns doch dann so gern was Drolliges aus den Schaufenstern spielerisch ausprobieren, überhaupt nichts ausmachen würde. Da hätten sie einen Grund, uns rasch die allerneueste Mode überzustülpen, damit wir in unserer Mannschaft der Kleinsten keine Verlierer sind. Bloß nicht!

Nein, wir können nicht sagen, was diese langbeinigen Mütter während des Vormittags eilig oder müßiggängerisch ohne uns treiben. Sie allerdings, die von uns restlos begeisterten Mammas, glauben alles zu wissen über uns, das putzige, gehätschelte Völkchen, da unser Alter noch so ein zartes ist, alle Taschentücher bekannt, jeder unserer winzigen Zehennägel von ihnen begutachtet und verwöhnt. Sie lehnen an den großen Autos, sie rufen uns bei unseren mehrfachen und halsbrecherischen Namen um die Wette, manche von uns sind sogar kleine Baronessen und allerliebste Grafen, bei denen ist es am tollsten mit dem vielen »von« und »auf« und »zu«. Komme was wolle, uns alle erwartet, wenn wir so ostereiergleich und kükenproper und wie in Seidenpapier gewickelt im gepolsterten Nest des Kindergartens verwahrt sind, eine flauschige Zukunft, auch wenn uns unsere Mütter zu ihrem Spaß als Cowboyzwerge und aufwendig verpackte Landstreicherchen verkleidet haben.

Manchmal wandern wir in unseren Plastikcapes unter pfiffigen Kunststoffmützen in einer Doppelreihe, artige Lausejüngelchen, immer zu zweit angefaßt. Hinaus in die Welt! Wir singen unser Lieblingslied: »Dri Chinisin mit dim Kintribiß«. Die angestaubten Erwachsenen und die häßlichen alten Leute halten uns, wie geblendet vor ihren Villen stehenbleibend, zunächst für einen reizenden Trupp von Schäfchenwolken oder Gummibärchen oder für eine rosige und babyblaue Schmusetierprozession. Wir kleinen Glücksbomben singen das Lied im Marschrhythmus, das bilden wir uns jedenfalls ein, und stampfen wie wutentbrannt auf den Boden dabei.

Wutentbrannt? Warum denn das? Jetzt wird es plötzlich schwierig, denn wir wissen nicht, ob wir wissen warum. Wir lassen uns weiden und hüten von unseren guten Hirtinnen, sammeln, damit wir lernen, Gutes zu tun, Kastanien für das dumme Wild im Gehege und um Männlein zu basteln und knirschen mit den Zähnen. Auch unser entzückender Nachbar, dessen Händchen wir halten sollen, knirscht. Dann singen wir wieder »Dra Chanasan« undsoweiter.

Unsere guten Tanten führen uns auf den freundlichen Friedhof, und wie von selbst stapfen unsere Beinchen dorthin und bringen das fröhliche unanfechtbare Leben zu den Toten. Hier ist alles rechtwinklig und aus den fast schwarz schattigen Gängen fallen grelle Lichtschneisen, in denen das Grün – fast könnte man stolpern über diese Lichtbalken quer auf den Wegen – glüht wie von innen, aus dem Boden heraus. Wir aber marschieren zu einem Grab unter einem Busch, der ganz behängt ist mit Spielzeug und verrücktesten Fähnchen. Hier liegt nämlich eine von uns. Selbst Luftballons gibt es dort, als würde eine Geburtstagsparty mit allem Drum und Dran – das ist hier üblich auch bei kleinsten Kindern – und überdrehten Müttern im Hintergrund gefeiert. Wir stehen im Kreis, legen ein gebasteltes Männlein zu den Sachen und stellen uns den kleinen Engel Henriette von Hugo, Mutter: eine geborene Cardinal von Widdern, vor, mit rosa Regenstiefelchen in der schmutzigen Erde im Hückchen, ganz sauber in ihrem Grabhäuschen. Der Totendreck schadet ihr nicht.

In der Nähe des Eingangs wacht eine riesige weiße Figur mit ausgebreiteten Armen. Es soll Jesus sein, der Christus. Einer von uns kann schon lesen. Er behauptet, unter den Füßen des Weißen stünde der Satz: »Lasset die Kindlein zu mir kommen«. Wollen wir Kindlein aber?

Wir singen lieber, leise, damit die Tanten es nicht hören: »Dre Chenesen met dem Kentrebeß« und stampfen wutentbrannt auf und werden, weil die Wege so gerade und schnursteif sind, immer ausgelassener. Wenn es nach uns ginge, würden wir noch länger bleiben und wie Züge in den Geleisen rasen und zusammenstoßen an den Kreuzungen. Der Oberpolizist, der den Verkehr regelt, wäre der Weiße.

Die Tanten kriegen jedoch unseren Gesang erschrokken mit und leiten uns schleunigst von den Gräbern weg. Wir protestieren nicht. Das hat seine Gründe, die weder sie noch unsere blöden Mütter kennen, die vom Friedhof nicht gern hören, die Augen verdrehen und uns sofort puppenblank baden.

Wollen wir wutentbrannten Kindlein aber?

Wir sehen kurz vor dem Ausgang den Weißen, und wenn wir fast lautlos singen: »Kim die Pilizi: Ji, wis is dinn dis?« wissen wir, daß der Oberpolizist unser Losungslied versteht, so wie wir seine Inschrift, die da hingeschrieben wurde oder nicht, kapiert haben.

Und ob wir wutentbrannten Kindlein wollen! Wollen mehr als wir sollen.

Das große eiserne Friedhofstor wird unbegreiflicherweise jede Nacht weit offen gelassen. Wer dort im Finstern vorübergeht, der nimmt als erstes den Geruch wahr, der sich zwischen den steinernen Türpfosten auf die Straße drängt, eine schwarz schwangere Wolke, immer wärmer als die umgebende Luft, die ihm auf den Kopf haut und in die Knie. Wer nicht Reißaus nimmt, der ist fällig, betäubt vom dunkel mulmigen Duft der Erde, der Pflanzen, der ... pst, pst! Es ist das sich wälzende Aroma des Organischen, Verweslichen, eine Woge, die dem einsamen, dem ziemlich wehrlosen Passanten entgegenstürzt und ihn überrollt.

Dann sieht er den unheimlichen weißen Mann, den gespenstischen Jesus. Lasset die Kindlein zu mir kommen? Wir raten keinem Kind und keinem Erwachsenen, sich ihm so ohne weiteres zu nähern. Wir wissen, wovon wir reden, wir, die entzückenden Modergeistchen, wir, das kleine, bonbonfarbene Geisterheer, das tagsüber immer noch artig und täuschend im Kindergarten und bei den doofen, langbeinigen Müttern Dienst tut, aber längst hier zu Hause ist, zwischen den nächtlichen Gräbern und sich nicht mehr graust vor den weißen Flügelarmen des Verführers, die uns manchmal sehr, sehr nahe kommen und dann als ein Qualm und Nebeldunst zurückweichen und für ein Weilchen, man kann nie sagen, für wie lange, die unbeweglich ausgebreiteten Arme vom Christus sind.

Wir fürchten uns nicht mehr, wir versammeln uns hier jede Nacht zu den Umzügen der verwöhnten Kinder. In Rosa und hellem Blau, in unseren kreuzfidelen Farben treffen wir ein, wenn die dämlichen Mütter schlafen und den üblichen Humbug träumen. Ihre niedlichen living dolls aber sind unterwegs in der schwül feuchten Friedhofsluft, im pechschwarzen Hauch der Grüfte und ihrer aufgehäuften Rosen und Lilien zu jeder Jahreszeit mit den Schärpen, mit den Fransen und Widmungen, die der Regen durchweicht und auslöscht. Wir erschnüffeln die frischen Gräber sofort, diese schwermütigen Blumentrümmer hoch aufgetürmt und schon verfallend. Zuerst meint man, hier hätten sich Witwen in prunkvollen Kleidern über die Gräber geworfen, um so vor Leid zu vergehen. Leider nicht. Wir schwankenden kunterbunten Gnome in unseren teuren Cowboyjeans und bodenlangen Biedermeierkleidchen sind hier, der Örtlichkeit angemessen, freilich totenbleich. Unsere Elfenbeinhaut, die unsere idiotischen Mütter mit ausgesuchten Lebensmitteln bei uns erzielen und die ein Zeichen unseres Standes ist, muß hier allnächtlich die Blässe von Verstorbenen annehmen. Das steigert nur unsere wilde Lebenslust, wenn wir irrlichtern in strengster Formation, Händchen in Händchen im Gräbergarten, wegauf, wegab. Auch unser Rosa und Blau ist hier abgeschwächt, so wie die Kornblumen und Nelken der Kränze im Dunkeln sachter, beinahe grau erscheinen. Wenn jemand wüßte, wie ausgelassen wir sind! Losgelassen und ausgelassen.

Manchmal vertauschen wir die Grableuchten und den Blumenschmuck. Dem Weißen ist es egal. Ihm gefällt das zarte, wahnsinnige Treiben von uns Kleinen, wie wir huschen und ausschwärmen und uns beschmutzen in der Nässe. Ihm gefällt unser Liedchen. Wir singen es genauso, Wort für Wort, am Morgen unseren frisch geduschten, wohlriechenden Müttern in ihren weichen Frotteetüchern vor, das Verschen, wo die Polizei fragt, was das ist, und wir antworten, sie aber merken nicht die Spur, erwittern nicht das Geringste an uns: »Dri Chinisin mit dim Kintribiß«.

Und sie, die Törichten, glauben, es liefe alles nach ihrem Sinn und würde immer, immer so bleiben!

Die Tiere

»Man genießet die Natur nie ganz, wenn man irgendwo – und wär's zum nächsten Pfahl – hinwill, oder auf irgendeine Sache – und wär's eine Geliebte – ausläuft: sondern man lasse sich wie ein schlafender Schwan dahingegeben von ihren Wogen drehen und führen.« Jean Paul, *Konjektural-Biographie*

»Beide verstanden sich nicht wohl ... So hatte Tieck, wie er gegen mich nach Jean Pauls Abreise später sich äußerte, nicht begreifen können, daß Jean Paul vom Plaueschen Grunde wenig angezogen, von der Aussicht auf dem damaligen Findlaterschen Weinberge tief war ergriffen worden.« Richard Otto Spazier, 1822

»Heute«, fügte Frau von Schlawien hinzu, »am 17. Oktober 2003, bei allerherrlichstem Herbstwetter, das Jean Paul wie gewohnt präzise vorausgesehen und -gesagt hatte«, hier aber lachte Frau von Schlawien ein wenig zweideutig auf, »begleiteten wir, die Baronesse Marie Louise, die kapriziöse Frau von Steinkraut, seine junge und recht hübsche Nichte Katharina Spätzle und ich, alle vier seine liebe daheimgebliebene Frau hin und wieder, klug wie wir sind, als geistreiche Hausfrau preisend, den himmlischen Mann durch den reduzierten Zoo Hagenbeck in Hamburg. Sein treuer Pudel, der inzwischen in höchste Gesellschaftskreise vorgelassen wird, mußte freilich im Auto, das wir für zwei Euro geparkt hatten, auf uns warten, was den Einzigen fast zur Umkehr veranlaßt hätte. Überall hatten die Tiere, ob

Mähnenschaf oder Pelikan, ihre Gesichter der Sonne zugewandt, um dort die letzte Sommerglut zu trinken. Geradewegs als rahmten sie Juwelen, so standen, nicht allzu oft, die Kioske oder auch Käfige der Affen und Papageien zwischen der Übermacht der leidigen Frittenstände, Kinderrutschen und Souvenirshops.

Jean Paul betrachtete alles lächelnd. Nur als wir an dem gewaltigen, elefantengeschmückten ehemaligen Eingangstor vorbeikamen, das jetzt als Erinnerungsstück ohne weitere Bedeutung verwaist in der Gegend steht, sagte er, und Tränen glänzten auf seinen kindlichen Wangen, dies hier sei ein unwillkürliches Monument für die endgültig verschwindenden großen Tiergestalten. Sodann aber richtete unser Dichter sein mild strahlendes Auge auf das Meerschweinchengehege und studierte, wie die merkwürdigen Geschöpfe zwischen ihren Zwergenbehausungen hin- und herrasten. In eine Ecke hatte man Kohlblätter geschüttet. Dort bildeten sie einen bunt gewürfelten zitternden Placken, es war ein bibbernder Organismus aus circa zwanzig Lebewesen, der uns Frauen, nicht aber ihn befremdete.

Plötzlich wanderte sein Blick hinüber zur Meerschweinchenkirche, die äußerlich in allem einer christlichen Menschenkirche glich, mit einem Turm, einem Kreuz, das allerdings nun doch ohne Corpus war, und der typischen Turmuhr. Gerade trat in seinem schwarzweißen Fell wie ein Meerschweinchenpastor eins der Tiere durch das Portal ins Freie. Zunächst verdüsterten sich Jean Pauls Augen, nein, ich möchte sagen, seine ganze Gestalt verrunzelte sich im Zorn. Aber schon brach er, nach kürzestem Besinnen, in ein fröhliches Gelächter aus und erfreute uns und Umstehende, die ihn jetzt durchweg mit Entzücken erkannten und den Dichter also benennen konnten, mit einer sehr witzigen Bemerkung, die ich leider, mein Tribut ans Alter, vergessen habe.

Später jedoch, als wir bei den famosen Nachbildungen der Saurier standen, bemerkte Jean Paul, auch die Tiere seien in ihre Merkmale fast ebenso unerbittlich eingekerkert wie die Menschen, wie hier die altklugen Kinder und besserwisserischen Großväter, die ungefragt fachsimpelnden Großmütter und die wichtigtuerischen Eltern stets in die ihrigen. Nur ein einziges Mal habe er heute beobachten können, daß eins dieser tierischen Geschöpfe aus seinen ewig reproduzierten Charaktereigenschaften herausexplodiert sei in seine eigene Art von Göttlichkeit. Das sei nicht etwa eins der Meerschweinchen auf ihrem wunderlichen Kirchenvorplatz gewesen, sondern ein Warzenschwein, dieses verblüffend kastenförmige Tier. In dessen kleinem, sonst so verschlagenen Auge habe er es sehen dürfen. Dort sei ihm vergönnt gewesen, es zu entdecken und zwar, als dieses eigentlich gar nicht so sehr warzige Wesen, von seinem schnüffelnden Forschen im Erdreich aufblikkend, absichtslos und wohlgefällig hoch in die schräg stehende, alles in eine leidenschaftliche Beleuchtung tauchende Sonne gespäht habe.

Wir vier Frauen jedoch, nachdem wir unseren trefflichen Jean Paul und seinen Pudel, zu dem es ihn strikt hinverlangte und von dem wir uns alle noch schnell heimlich eine Locke abgeschnitten hatten, gut versorgt mit Bayreuther Bier im Hotel wußten, wir vier Frauen, am stärksten die viel gerühmt charmante, wenn auch ein bißchen asthmatische Baronesse Marie-Louise, sind unter Anleitung von Frau von Steinkraut der Meinung gewesen, unser Liebling habe sich insgesamt deshalb so ungnädig geäußert, weil er sich in dem schlafenden grauen Pavianmann, umgeben von einem wogenden Harem schlanker Äffinnen, gegen allen Vorsatz wiedererkannt habe, worüber natürlich die blutjunge und reizende Katharina Spätzle am vergnügtesten lachte.

Nun fragen wir uns natürlich, ob unser genialer und gemütlicher Dichter, hätte er unser Kichern gehört, erzürnt oder gar beschämt gewesen wäre oder nicht. Hier standen die Ansichten, mehr verrate ich nicht, zwei zu zwei.«

Ihr Gesicht

Hans Schneider, ich meine natürlich mich selbst, nenne mich nur so zur Erleichterung, Hans Schneider habe mir, Verzeihung, hatte sich angewöhnt, in den ruhigen Intervallen eines sonst etwas gehetzt verlaufenden Lebens, etwa auf Zugfahrten, unauffällig Gesichtsgymnastik zu machen, dazu gehört auch der schnelle Wechsel der Blickrichtungen von oben nach unten und diagonal, was wache, schöne, große Augen verleiht, sowie das Anspannen und Lockern der Arm- und Beinmuskulatur. Systematisch betrieben, schenkt es die unwiderstehliche Aura des Lauernden, auf dem Sprung Liegenden.

Man kann auf solchen Fahrten auch über den Sinn von allem nachdenken, aber davon wird man schläfrig, richtig dösig im Kopf, und es muß doch auch gar nicht sein. Es führt ja letztenendes zu nichts, sagte sich Hans Schneider. Gerade vorher hatte ihn etwas gerührt, als er durch die Scheibe sah. Es war ein bestimmter, wenn auch namenloser Acker, ein verfallendes Maisfeld wohl, das er gestern, auf derselben Strecke von Hamburg nach Koblenz fahrend, gesehen und nun, obschon kein markantes Bauwerk oder Merkmal in der Nähe war, auf der Rückreise wiedererkannt hatte an der bescheidenen Miene, die es machte, dieses stille, kennzeichenlose Stückchen Erde. Die Bevölkerung von Landstrichen und die ganzer Bundesländer stellte er sich dagegen als schnaufenden, schnarchenden, flächendeckenden Pfannekuchen vor.

Da hörte er was mit dem linken Ohr. Ein Mann, der irgendwas dabei im Mund haben mußte, berichtete, daß man auf südafrikanischen Farmen den Löwen, den uralten König der Tiere, zu Tausenden züchte, um diese dann an Trophäenjäger zu verkaufen, die sie häufig mit Bauchschuß erlegten, damit das Kopffell nicht verletzt werde. Aber, so ein Zufall, gleichzeitig sah Hans, da seine Augen von rechts oben nach unten links schnellten im Verlauf der gymnastischen Übung, auf dem Gang ein dunkelhäutiges Kind, ein kleines afrikanisches Mädchen, das am eben Gesagten schuld zu haben schien, es stammte ja aus jenem Erdteil, und es trug auf dem Kopf zwanzig, dreißig Zöpfchen, die mit winzigen bunten Spangen gehalten wurden.

Es war nicht direkt ein Zufall, das nicht. Ein Ehemann, schräg gegenüber von Hans, hatte den Satz in die Welt geschickt. Bestimmt war es ihm eingefallen, weil auch er das schwarze Gesichtchen entdeckt hatte. Er fügte, noch immer kauend und friedlich mahlend, hinzu, man betreibe dort auch Lustjagden auf Leoparden mit Hunden, keine Chance für die Raubkatze. Die Frau neben ihm verzog keine Miene, sah ihre goldenen Sandalen an, dann wieder die Spangen der kleinen Schwarzen, die sprachlos das festliche Schuhwerk der Frau bestaunte.

Etwas größere Kinder stiegen ein. Sie teilten einander tiefernst mit, sie seien jetzt zweifellos Fernsehjournalist und Devisenanalystin. Das Ehepaar aber, Hans entging es keineswegs, lächelte zum ersten Mal und zwar angesichts frisch eingetroffener Leute, die kurzfristig verzweifelt oder erbittert nach freien und reservierten Plätzen suchten, auch danach trachteten, sie zu erlisten, notfalls zu erkämpfen. Das Paar lächelte von

Grund auf behaglich und schlief, auf gesicherter Heimstatt thronend, dann um so rascher ein.

Hans Schneider konnte sie nun, seine Gymnastik vergessend, ausgiebig studieren, ohne sich ein Gewissen daraus zu machen, aber auch ohne es extra darauf anzulegen. Sie ließen ihm keine Wahl, so ehebettlich ruhten sie in der Öffentlichkeit. Aus seinem Mund da, sagte sich Hans, sind eben die Sätze über Afrikas Großwild gekommen. Da träumen sie, zwei Eheleute zwischen fünfzig und sechzig Jahren, ordentlich gekleidet und auf dem Weg ans Meer. Wie rundum wohlgenährt! Schlafen hier nebeneinander wie auf den hohen Kissen ihres Bettes und von den Regelmäßigkeiten eines langen Ehelebens ausruhend. Man kann es ihnen nicht vorwerfen, und doch gehört es sich so keinesfalls, in dieser Nachahmung fünfundzwanzigjähriger Intimitäten, bei denen alle Triebe befriedigt, aber nie, niemals erleuchtet wurden. Es so ohne Scham in die Welt zu dünsten und auf mißvergnügte Perpetuierung setzend in irgendeinem Sylter Pensionsbett. Sie schlummerten in ganz gewöhnlicher Verdrossenheit schon jetzt darin: Den Stumpfsinn so wenig zu kaschieren!

Wie kam er bloß drauf?

Durch die Gesichter, in denen bei beiden die schmalen, zusammengekniffen nach unten gebogenen Münder einsanken in die Wülste des umgebenden Fleisches, außer Kontrolle in die mürrische Gemeinsamkeit beharrlichen Zweierlebens gesackt. Ob sie einander damit küßten? Mit diesen Lippen, die im wachen Zustand der Gesichtsmasse den rechthaberischen Schliff verpaßten, jetzt aber, wie in den zahllosen Nächten, die sie nebeneinander verbracht hatten unter dicken Oberbetten und auf Paradekissen, ob aus Leinen oder Microfaser, das änderte nichts, in der Erschlaffung den zwillingshaften Niedergang ihrer dicken, ja speckigen Existenzen ans helle Tageslicht zerrten. Die beiden hätten niemals hier einschlafen dürfen. Das, was die in ihren Gesichtern zu erkennen gaben, durfte man nur dem Dunkel des Schlafzimmers zeigen.

Da tauchte wieder das schwarzhäutige Kind mit dem Köpfchen voller Plastikblüten auf und verehrte, dabei ein wenig in die Knie gehend, die Goldschuhe der Frau.

Mein Hans Schneider betrachtete die Kleine in großer Dringlichkeit. Er hoffte, sie würde noch etwas bleiben mit den zum Schimmern polierten Puppengliedern und der schwarzäugigen Bewunderung für die Sandaletten, grandios, am gemeinsam mit dem Kopf eingenickten Fuß. Wie von Hans Schneider gewünscht, lief sie nicht fort.

Es half aber nichts. Er empfand weder Zuneigung noch Interesse. Es rührte ihn selbst dieses Kind nicht. Es blieb ihm gleichgültig wie dessen Haarschmuck. Er verfügte über kein Mitgefühl, für sie alle nicht, nicht über das geringste.

Das aber gehörte sich nicht. Was war er, Hans Schneider, doch für ein mißratener Mensch unter diesen hier!

Die für ihr schreckliches Ende extra gezüchteten Löwen und Leoparden allerdings: Mit denen war es etwas ganz anderes. Etwas ganz anderes als mit den Menschen? Ja, und das gehörte sich aber noch weniger. Und doch verhielt es sich so. Wäre er klein wie die kleine Afrikanerin, hätte er die ganze Zeit ungestählt geweint über das Schicksal der schönen, verlorenen Tiere, der Geschöpfe aus dem Mund des Ehemannes. Jedoch: Ob der vielleicht log, ob es sie am Ende gar nicht so gab, wie er behauptete? Ob diese Leute hier gar nicht solche Teufel waren, wie unsere eigenen Herzen, meins oder wenigstens das von Hans Schneider, vielleicht nicht aus Stein?

Zwielicht

Jemand hat unbemerkt ein wohl noch etwas weiches Riesenei auf der Hügellinie abgelegt. Jetzt steckt es da, plötzlich und frech, ganz vollendete Tatsache, im struppigen Nest. Der Mond? Wahrhaftig, der fast komplette, kaum noch eiernde Vollmond. Überraschender Mondaufgang, mit dem ich gar nicht gerechnet hatte. Plopp, aus eigener Kraft also in die Nacht geschnellt, ungefragt und läßt nichts anderes mehr gelten.

Ein weiteres Beispiel harmloser Willkür im Freien, ähnlich dem hastigen Click-Clack am Morgen? Ich habe es immer noch im Ohr, beim Geranienbusch, in dessen Blüten jeweils eine dunkle Zunge eingedruckt ist. Wie tat sich da ein lackschwarzes Insekt, Faltergröße, gütlich! Was für ein brummender, eifriger Frieden in den Blumenschlünden! Die Geranien bebten leise vom Wind oder vom Landen und Abflug des Tierchens, das sich seines lieben Lebens freute, wippten sehr einverständig.

Als knackte jemand geistesabwesend mit den Zähnen eine Nuß, so clickclackte es da auf einmal in der Luft. Alles war zuende auf einen Schlag, auf den abrupten Flügelschlag eines Neuntöters hin, der auf seinem Ansitz gelauert hatte und nun einbrach, trocken und blitzschnell, mit der Beute davonstob ohne anzuhalten. Kein stärkeres Erzittern der Geranien.

Am Abend aber – click-clack sagte es noch immer in meinen Ohren, click-clack-click, das waren auf dem Terrassenboden drei zerbrechende Vogeleier, die der Sturm in der Nacht samt Nest vom Dachbalken gerissen hatte – stieg in der braun-grünen Dämmerung, die heraufdampfte vom Horizont zwischen den ins Wasser schmelzend gleitenden Felsausläufern im Norden und Süden, der alte Mann, der ausgefuchste Brandstifter und gelegentliche Helfer beim Löschen, in seinen Kahn zum Fischen. Vielleicht nur aus Liebhaberei, viel würde er nicht finden im leergeräuberten Meer, der vorsätzliche Verursacher vieler Brände von Buschwerk und der Vernichter ganzer Kastanienwälder ringsum, wobei er den qualvollen Tod von Menschen und Tieren als altes Schlitzohr in Kauf genommen hatte. Der krumme, gebrechliche Mann und Hotelier stieg in sein Boot, ruderte sacht aufs Meer hinaus, bis er, ein Bild, das in seiner Süße zu Herzen ging, jenes ferne Braun und Grün schaukelnd erreichte und mit ihm zärtlich verschwamm.

Jetzt aber hat der Mond die südliche Biegung des bewachsenen Felsrückens erreicht. Dort sinkt das Riesenei in sein zweites Nest. Wenn ich vortrete, ist es schon verschwunden, und der Himmel zeigt als Hinterlassenschaft den erhaben zentrumslosen Schein vor dem Aufgang des Erdtrabanten oder den nach seinem Untergang. Mal so, mal so, wie man es sich zurechtlegt und will.

Nehmen Sie beispielsweise mich hier, nehmen Sie mich zum Beispiel, versetzen Sie sich an meine Stelle!

Es sind gar nicht mal die Gesichter, die Sie schon in den nächsten Momenten zur Verzweiflung treiben werden. Gestehen Sie es sich ruhig ein, vielmehr: Gestehen Sie es sich um Gotteswillen nicht schon jetzt ein, wie wollen Sie sonst über die Runden kommen? Die Gesichter nämlich, die sind Ihnen immerhin bisher undeutlich gespannt zugewandt, in diesen ersten, unwiederbringlichen Minuten tatsächlich vorhandener Neugier. Aber Sie, Sie wissen es längst viel besser als diese einmütig auf Sie gerichteten, beinahe zutraulichen Augen. Obschon Sie da nicht mehr sicher sind. Zutraulich? Eben noch.

Immer noch?

Viel wichtiger ist das, was Sie spüren und wiedererkennen, mit jeder Sekunde zuverlässiger: die Atmosphäre! Untrüglich wie ein Geruch. Nein, Sie täuschen sich leider nicht, hoffen aber bis jetzt, es könnte der Fall sein. Eben war sie noch abwartend, die Stimmung, die ominöse, Ihnen geneigt allerdings nur im aller-, allerersten Augenblick, jetzt ist alles entschieden. Zu Ihren Ungunsten. Sie haben sich davor gefürchtet wie immer, diesmal ist es wieder eingetreten. Sie beginnen zu schwitzen in einer geschwinde zunehmenden Frostigkeit, gegen die Sie, machen Sie sich doch nichts vor – doch, tun Sie's, glauben Sie um Himmelswillen, Sie besäßen noch ein paar Gewinnchancen, solange es nur irgend geht! – überhaupt nichts ausrichten können.

Dieses Etwas, dieses Fluidum ist der tückischste Gegner, den man sich denken kann. Wie sollte man ihn packen? Er stellt sich ja nicht, ist statt dessen überall, eine Ausdünstung.

Übrigens sehe ich Ihnen an, ob Sie es leugnen oder nicht, wie sehr Sie mich bereits wiedererkennen. Tun Sie, Sie hier, nicht so, als verständen Sie nicht, wovon ich spreche.

Sie stoßen also, reden wir nicht drumherum, auf Ablehnung. Würfel gefallen. Prüfung nicht bestanden, noch bevor Sie den Mund aufgetan haben. Irgendwas an Ihnen provoziert das allgemeine Nein! Ihr Gesichtsschnitt, Ihre Kleidung, und nun: ihre Stimme? Andern gefällt das, den Leuten hier nicht im geringsten. Sie wollen es nicht wahrhaben, aber spätestens nach Ihrem ersten Satz ist es nun definitiv aus, alles weitere ist nur noch eine Bestätigung dessen, da hilft kein Zappeln. Sie werden die Kluft zu den Zuhörern nicht überspringen. Mit feiner und gemeiner Nase haben die erschnüffelt, daß es zwischen ihren eigenen Gemütern oder Gehirnen und Ihren Zumutungen andererseits keine Verbindung gibt, keine Entsprechung zwischen Ihren Sätzen und deren Leben.

Das geht einzig und allein zu Ihren Lasten und ist unverzeihlich.

Jedoch was bleibt Ihnen übrig als zu kämpfen? Laufen Sie meinetwegen ein bißchen auf dem Kopf, schlagen Sie ein Rad, Rolle vorwärts, Rolle rückwärts, Arabersprung. Die telepathische Verständigung über, das heißt gegen Sie funktioniert unterdessen wie geschmiert. Man will Sie nicht zerstören, zerstört Sie aber, zumindest für den heutigen Abend. Man will Sie eigentlich nur lossein, aber es gibt Vereinbarungen, die Ihnen nicht erlauben, sich zu verschleichen oder auf den Tisch zu hauen. Und wenn Sie doch sofort wegen Aussichtslosigkeit die Zelte abbrächen? Warum tun Sie das nicht? Sie wissen doch, was nun folgen wird, bevor es zu Ihrer vollständigen und anhaltenden und nachwirkenden Entmutigung und zum sporadischen, schonungslos vollzogenen, teils extra demoralisierend inszenierten Aufbruch Ihrer Feinde kommt: eine zunächst nicht direkt nachweisbare Zerstreutheit, unverhohlenes, anfangs bloß schamloses, dann wie protestierendes Husten und Stühlerücken.

Hören Sie es?

Ja, genau jetzt, diese Unruhe, Ungeduld, Unzufriedenheit, die sich in einem beharrlichen Rumoren, Racherumoren gewissermaßen, Luft verschafft.

Vielleicht wenden Sie nun einen Trick an, mit dem Sie sich zeitweilig aus der Situation retten könnten. Bei jedem Aufsehen konzentrieren Sie sich auf jene Frau, die, auch wenn sie keinen Bart trägt, mit schwarzer Kappe, grauem Kleid, roten Strümpfen und schwarzen Schuhen zum Verwechseln so aussieht wie der hübsche vietnamesische Kleideraffe. Sie malen sich aus, wie die Frau, während Sie selbst fort und fort den eigenen Mund bewegen, in den Urwäldern turnt und hangelt, auch kleine Früchte zu sich nimmt. Das gibt Ihnen sehr kurzfristig eine stillvergnügte Unbekümmertheit, die Ihnen ja doch keiner glaubt, denn der Affe sind Sie und neben der Frau sitzt einer, dem Sie in den schnarchenden Rachen schauen. Niemand stößt ihn an, beneidet ihn aber womöglich. O doch, ganz gewiß.

Sie wollen diese Gähnenden, angeekelt Lächelnden, stocksteif Sitzenden, die entrüstet sind über die Zumutung, die Sie, ja Sie und kein anderer darstellen, diese zu keinem Ihrer Scherzchen das eisige Richtermaul Verziehenden doch noch eines Besseren belehren? Versuchen Sie es nur! Zigmal von Ihnen ausprobiert, nicht wahr? Verblüffendes Heben und Senken der Stimme vom bangen Flüstern bis zum Schrei, überraschende Zäsuren, wirkungsvolle Totenstille? Keine Wirkung! Die lassen lediglich auch das noch genervt über sich ergehen und sehnen währenddessen das Ende herbei exakt wie Sie.

Sie sind müde geworden. Wovon sprechen Sie eigentlich? Die Worte kommen von allein aus Ihrem Mund, die Maschine läuft routiniert, hat keine Ahnung, um was es sich dreht, hofiert aber mit letzter Kraft Ihre verdrossenen, apathischen, feixenden Vernichter, weil ein Abbruch Etikettenbruch, aber darüber hinaus nichts als Ihr, Ihr Debakel wäre.

Das Schlimmste: Hinter Ihrer weiterschnurrenden, pflichterfüllenden Stimme beginnen Sie sich aufzulösen. Erst schwitzten Sie, dann froren Sie, jetzt existieren Sie nicht mehr. Ist es denn so schwer, gegen Wände zu reden? Ja, Sie, nicht wegsehen, ja Sie da, Sie haben es oft genug am eigenen Leibe erfahren: Ohne – nennen Sie es, wie Sie wollen, Herrgottnochmal – Echo, Resonanz, Feedback hört es auf mit dem Spaß, mit der Liebe, mit der Person. Die ist jetzt strenggenommen, Ihre Person, meine ich, Sie Scott am Südpol kurz vor dem Exitus, abgeschafft. Scheußliches Gefühl, nicht wahr? Und zu allem obendrein Ihre blöde, fort- und fortschnarrende, surrende Spinnradstimme, die gleich,

Sie fürchten den Moment, nur noch ungetröstet vor sich hinmurmeln oder seelenlos bellen wird, um es zum Abschluß zu bringen.

Genau da fällt Ihnen der kleine Weg ein!

Nein, mir fällt er ein, Ihnen gerade nicht, und ich hoffe, Sie, die bisher amüsiert, aber insgeheim auch klopfenden Herzens alles wiedererkannten, kennen ihn, meinen kleinen Ausweg, nicht, Sie, die mich, die Ihnen von der ersten bis zur letzten Reihe so gern nahegetreten wäre, schuften und rackern lassen, während Sie faulenzen, Sie, meine sehr geehrten Verfolger durch Ungerührtheit, ich meine, ungerührt werden Sie mich bis in meine Träume verfolgen, dabei hatte ich vor, als ich noch zuversichtlich in diesen Abend ging, Sie, Sie hier bis in die Ihren zu verfolgen, zu Ihrer Unterhaltung, zu Ihrem Besten.

Die schönsten Städte – da sind wir uns einig – liegen in den königlich trägen Armbeugen von Flüssen und Strömen: Prag, Paris, Florenz, das alte Dresden usw. Gewiß. Aber der Pfad, um den es hier geht, krümmt sich noch eindrucksvoller, nämlich nicht in die blaudunstige Ferne, sondern ins Dunkel, in den schwarz glimmenden Waldgrund hinein, kurvt aus einer harmlosen Graslandschaft mit Spitzwegerich in die sich plötzlich aufrichtende Waldfinsternis, durchglitten, durchschlüpft dieser Tümpel der Möglichkeiten von den kleinen Kröten und Dämonen weit entrückter Tage, anfangs nur ahnbar, aber ich mache mir keine Sorge, sie werden sich zeigen, aufzuckende Flämmchen im Moosigen, Zungen im Anhauch der Waldschwüle. Ah, ich fühle sie schon, während ich Ihnen das hier von einem Blatt ablese mit fortplätschernder Stimme, Sie ablenke durch Anwesenheit und Singsang meiner Stimme, bin ich unterwegs, bin dabei, in die Wegkrümmung endgültig einzubiegen, die mich mitnimmt, zusammenfaßt und einatmet.

Riechen Sie die Brennesseln, verdrossen wie eh und je, die guten, alten, wenn auch bösen Kindheitsbrennesseln, sehen Sie die hübscheren, aber auf den ersten Blick im Vergleich ein wenig trotteligen, eunuchischen Taubnesseln mit den weißen, violetten, gelben, ganz leicht, wenn man sein Ohr dicht daran hält, zwitschernden Vogelkopf-Blüten? Und dort, entdecken Sie in den Ästen schwingend den Vietnamesischen Kleideraffen? Da ist er ja wieder und fühlt sich endlich wohl und zuhause.

Saugen Sie die Luft tief, tief ein. Tanne? Fichte? Auch! Richtig! Auch dabei. Holz natürlich unverzichtbar. Doch die Mischung erraten Sie nie!

So! Jetzt, wo Sie die ersten Schritte gemacht haben auf dem sich wie unschuldig aalenden kleinen Weg, der Sie mit einer winzigen Schlängelbewegung lockte und mit Erfolg verführte, gibt es kein Zurück. Leisten Sie keinen Widerstand, er transportiert Sie ja doch, wohin er will, in Schönheit und Beklemmung des Waldeinsamkeitsdämmern, absurde Pilznamen im Wurzelwerk, Steinläufer, Laufkäfer, Waldmaus, der molchische Kleinkram im glitschigen Schattenreich sowieso, Stämme, Baumkronen, Farn um goldgrüne Tiefen herum, Scheinabgründe, Summen der Lichtungssäume, flüchtende Lichtpunkte, unvorhersehbar tastende Schatten und – sehr verschmitzt – keine längeren Durchblicke, aber, geben Sie es zu, wie schön erfunden all die Scherze vegetativer Hindernisse und zottelig neckender Sichtbarrieren, außerdem Morast und Schlamm, in dem es sacht glühend fault und verwest. Das sind die unzähligen kleinen Leichen des beinahe lautlosen, mörderischen Waldlebens, die Totenpartikelchen, die sich als frischer Organismus schon wieder zu regen beginnen. Und wie! Und wie diskret wird jede Klage im Umwandlungsprozeß, ohne daß sie je nach außen dränge, erstickt. Plötzlich wissen Sie, was es heißt, armeseelenallein zu sein.

Keine Angst! Sie sind nicht allein. Man beäugt Sie unsichtbar, rückt von Ihnen ab, aber das wird sich noch sehr, sehr ändern, beäugt Sie mit Interesse, die telepathische Verständigung funktioniert wie geschmiert. Dieses Hüsteln und Knarren kriegen Sie doch wohl mit? Der Weg muß sich, wie die Zeit – Sie bringen hier etwas durcheinander, wo glauben Sie denn den gesamten Abend über zu sein? – klammheimlich zurückgezogen haben, aufgerollt, zusammengeschnellt, vielleicht mit einem kaum hörbaren Glucksen?

Wie Sie von dort, wo Sie jetzt sind, nur wieder heimkehren wollen! Ich könnte Ihnen noch geschwind von dem herzkranken Mann vorplaudern, dem jemand eingeflüstert hat, er müsse sterben, sobald die in stürmischer Lebenslust hochschießende mexikanische Kresse, die später gelb und ziegenbärtig blüht, beim Ranken das fünfte Gitterrechteck an seiner Hauswand mit dem ersten Antippen erreicht. Ungläubige Kontrolle jeden Morgen. Alle paar Stunden. Jede Stunde, jede halbe, immer gläubiger. Zum Totlachen! Kriegt nichts anderes mehr in den Kopf, hatte arglos ein Klettergerüst zum schnelleren Hochranken der wilden

Winde angeschafft, ausgerechnet. Na, dann Hals- und Beinbruch!

Sie können sich denken, was passiert und finden geschmacklos, daß ich Ihnen gerade jetzt mit so einer Geschichte komme? Da haben Sie recht. Leben Sie wohl! Ich wünsch' Ihnen was.

»Ich kann den Kerl«, flüsterte ungefragt aus ihrem ausgedehnten Körper heraus die Frau, die mir im Wartestübchen, anders ließ es sich nicht nennen, gegenübersaß, »kann ihn nicht mehr ertragen. Prahmt und röstert seit einer Stunde von seinen Krankheiten. Tausende hat man selbst, überall, oben, unten, vorn, hinten, vom Zeh bis zu den Haarspitzen, sehen Sie mich nur an, Übergewicht, ja verdammt noch mal, was esse ich denn, darf ja gar nichts essen, bin allergisch gegen jedes, Salz, Pfeffer, Muskat, absolut jedes Gewürz, da, wo alles wieder rauskommt, ist die Haut ganz wund, verätzt und verbrannt, können Sie sich denken, ein Hammer, hier am Vormittag und Mittag zu warten, Curry, Paprika, Fondor, nichts! Ich kann nicht mehr sitzen, nicht mehr sitzen, nicht mehr sitzen! Das ist nicht fett, das ist Veranlagung, ist Krankheit. Im Alter, ist mir schon prophezeit, stecke ich im Rollstuhl, nichts hilft mehr, vier Fachkräfte helfen nicht, der Rücken: total kaputt, bewege mich zu wenig, spüle im Sitzen, daher das Fett, wie soll ich mich rühren mit diesen Gewichten an den Knochen ringsum? Dazu dieser Kerl. Wird blind werden, hat Zucker. Ich kenn' das ja, immerzu von seiner Krankheit, wenn nicht Krankheit, dann Kriegsgefangenschaft, mein Gott. Mein Gott, 1955 zurückgekehrt als einer der letzten, aus den russischen Steppen, schöne Gegend, kenn's auswendig, war Panzergrenadier, die wurden extra festgehalten. Na und! Was nutzt uns das heute! Rechnen Sie nach, wie lange das her ist! Dann wieder die Krankheit. Der Kerl macht mich krank.

Fette Beine, fette Finger, fetter Nacken, fetter Hintern. Ich vergesse leicht, auch Menschen, alles. Es erbittert mich, es gefällt mir nicht, aber ich kann alles, auch Freunde, leicht abtun. Was vorbei ist, ist vorbei. Traurig! Fürchterlich! Warum sterben auch alle so schnell dahin. Dagewesen und wegrasiert. Was war dann aber das Ganze wert? Da kann man doch gleich das Gedächtnis verlieren! Kein Finanzamt, keine Rentenversicherungsanstalt, kein Wahlzettel, kein Durchfall, keine Verstopfung. Ich selbst, was das Schönste wäre, im Ernst: möchte unsichtbar sein. Weg und verschwunden, von der Bildfläche federleicht weggeweht, ein Samenflöckchen, wie reizend, ein Hauch. Was für ein Glück: nicht mehr da, nicht mehr da. Weg und vergessen, doch lebendig noch. Bin verrückt danach, Juniwiesen, hohe Gräser, kein Halm geschnitten, wie sie blühen und zittern und tun und machen und geschoben werden wie Wassermassen und plötzlich auch kreiseln, Inselchen, rundumgeschwenkt, im Spaß, im Wind, dieses Dunstige, schaumartig Leichte, ob die Sonne dafür sorgt, das Blühen, der Regen, ich weiß es nicht. Knäuelgras und Rohrglanzgras. Wollgras und Kammgras und Wiesenfuchsschwanz und gleichzeitig: alles egal, die Namen und wiederum: keine Namen, alles Wiese, schlägt gegen Waldränder, trüber Himmel am besten, vielleicht. Das ist mein Schönstes, das sehe ich an, da geht mir das Herz so sperrangelweit auf, und ich werde klein, immer winziger, dünn und mager und dürr und ein Faden und dann, dann bin ich nicht mehr da, da ist nur noch die Wiese, die hoch, so hoch wogende, schwankende, schaukelnde, wie schön beschwipst, von mir aber nichts, sie hat mich geschnappt, ist übergeschwappt, über mich gestülpt, und endlich bin ich das, was ich will. Erkennen Sie mich? Wie ich quassele und flüstere mit den Halmen aus der Fettwiese und der Fettweide und der Feuchtwiese heraus, nur quatsche und flüstre vor mich hin, vor mich hin.«

Die Tricks der Diva

Allein wie die schöne Frau ihre Beine übereinanderschlug! Sie mußte es gerade erfunden haben und vorher tausendmal auch schon. Für alle, die sehen konnten, war es der Triumph der Diva, die jetzt im Zustand prunkendster Schönheit residierte.

Mit anderen Worten: Sie stand gefährlich auf der Kippe. Das war jedem bewußt, selbst den Mikrophonen, in die sie sprach, konnte es nicht entgehen.

»Im Gegenteil«, sagte sie gerade, »fragen Sie nach meinen Affären, nur zu, nur immer zu! Mir ist das tausendmal lieber, als wenn Sie was, o Gott, über geplante Kinder-, Koch- und Katzenbücher wissen wollen oder eine späte Karriere als Aquarellistin. Ahaha! Das überlasse ich gern denen, die sich jahrelang einbildeten, meine Konkurrentinnen zu sein. Diese angeblichen Gegenspielerinnen mögen sich keinerlei Zwang antun und sich mit jeder neuen Falte mehr als Künstlerin fühlen. Fadenscheinige Trostpflästerchen! Ich gönne sie ihnen von Herzen. Im Vertrauen, selbst die Filmerei habe ich von Anfang an als Schmierentheater empfunden. Unter uns: nichts als Kappes!«

Sie lächelte hinreißend. Wir wußten nicht, was an ihr Kunst und was Natur war. Eben hatte uns das noch interessiert, jetzt nicht mehr. Wer konnte ihr eigentlich das Wasser reichen? Sie griff nach einer Zigarette. Fünf Männer sprangen vor, um sie mit Feuer zu bedienen. Flüchtig sah sie ihnen nacheinander ins Gesicht, wußte: fünf Stellvertreter für Hunderte, betrachtete die Zigarette und legte sie dann vor sich hin, nicht, weil sie es sich anders überlegt, sondern weil sie gar nicht erst vorgehabt hatte zu rauchen. Statt dessen biß sie sich verschmitzt auf die unnachahmlich geschwungene Unterlippe, als schämte sie sich ein bißchen. Konnte man ihr wirklich jemals untreu werden zugunsten jener unflätigen Mundwülste, die jetzt international en vogue waren? Ach, schlüge sie doch noch einmal diese Beine übereinander! Noch wippte aber der obere Fuß über dem unteren in der Position von eben, nur ein bißchen heftiger, die frei schwebende Schuhspitze in zuckender Aggressivität auf die Leute gerichtet oder auch: ihnen preisgegeben.

»Erkundigen Sie sich gefälligst auch nicht danach, wie ich eine tödliche Krankheit besiegte. Ein neumodisches Muß, Krebs, Krebs, Krebs, ich weiß. Auch dieses Feld mögen meine schamlosen Kolleginnen nach Herzenslust beackern. Bleiben wir also beim guten alten Hut: bei den Affären!«

Sie fächerte erst die eine Hand auf, dann die andere. Sie schien abzuzählen und auszuwählen, welche Liebesgeschichten ihr wichtig waren und musterte über die Köpfe der Schaulustigen hinweg eine unsichtbare Vergangenheit, die sich allerdings ihr selbst so deutlich zeigte, daß sie amüsiert erwägend den Kopf schüttelte. Einige Leute sahen sich tatsächlich um. Daraufhin lachte sie ein wenig hinter drei Fingern, die in einem hautfarbenen Spitzenhandschuh steckten. Es duftete plötzlich nach würzigen Rosen. Heckenrosen? Unglaublich, in der Messehalle und im Oktober duftete es nach Heckenrosen! Sie zählte ab, eine ganze Hand, zwei Finger der nächsten.

»Sieben! Meine Glückszahl, aber auch Unglückszahl.

Wie eine Katze mit Blütenstaub auf dem Kopf: bedeutet Gutes, bedeutet Schlechtes. Jean! Sie erinnern sich an ihn? Ausgezeichneter Schauspieler. Der einzige Liebhaber, der älter war als ich. Zu seiner Beerdigung wünschte er sich den ›Kaiserwalzer‹ von Richard, Sie hören richtig, von Richard Strauss. Goldig, von Rischaaar, davon ließ sich mein ahnungsloser Jean nicht abbringen. Klappte natürlich nicht. Sie haben von seiner schrecklichen Eifersucht gehört? La jalousie! Jedes Kind wußte damals, daß er rasend wurde, wenn ich, na ja, besonders nette Unterwäsche anzog, Marke ›Viel Lärm um nichts‹. Er hat sofort gedacht, ich würde mich zu einem Seitensprung rüsten. Dabei habe ich es nur gemacht, das mit den Dessous, um ihn zu ärgern. Jedenfalls meist. Ich schwöre, in den meisten Fällen war es nichts als das. Für Jean waren Frauen vor allem schöne Seelen, aber natürlich nur, wenn sie in einem schönen Leib wohnten.«

Sie hob drei Finger bis über den Kopf.

»Es konnte natürlich nicht gut gehen. Der reichste, zweitens, war Klaus. Was für ein Mißverständnis von Anfang an! Ein ehrenwerter Playboy, der ein bißchen fotografierte. Auf einer Yacht, wo eine amerikanische Kollegin uns alle verhexte, fing es an. Es wurde bei wenig Wind und Wellen über die Steuerpolitik verschiedener Länder geschwätzt, in Wirklichkeit starrten alle auf ihre monströs fetten Schenkel, unverfroren in einer engen, knallroten Hose. Dabei quasselte sie stur, als wäre nichts, stundenlang über Zahlen. Der Flirt, der insgesamt dann zwei Jahre dauerte, war reine Notwehr gegen diese feuerrote Dreistigkeit. Zwei Jahre und keinen Tag länger. Klaus, wie gesagt, steinreich, grundsolider

Playboy, fotografierte immer hektischer wegen der Sinnsuche. Das konnte mich nicht ewig täuschen. Er war einfach eine Spur zuuu bieder.«

Sie seufzte schalkhaft verschwörerisch. Man reichte ihr ein Gläschen Champagner. Sieben! hatte sie versprochen, die schöne, von der Erinnerung an Klaus ein wenig ermattete Frau. Sie erzählte uns nichts Neues, doch wir hörten ihr gern zu.

»Allan«, begann sie nach einem kleinen Schluck mit frischem Schwung, »Allan, hier Nummer drei, war der Prolet. Holzfäller durch und durch, im Smoking erst recht. Das hat mir eine Weile gefallen. 195 cm groß, ein in der Wolle gefärbter Naturbursche, auf bezaubernde Weise steif und fest der Meinung, Frauen seien runde Gegenstände mit Knöpfen dran. Sie verstehen, so was erzeugt eine unwiderstehliche Geborgenheit. Er spielte nie was anderes als sich selbst. Der einzige Punkt, wo er sich weise verhielt. Hier ein Flittchen, da ein Flittchen, gutmütig im Grunde, aber ohne Instinkt für Diskretion. Ein Hauch zu unzivilisiert für meinen Geschmack. Als er mir eines Tages ein betrunkenes, gerade erworbenes Dämchen vor den laufenden Kameras einer Pressekonferenz vorstellte, habe ich ihm ein Glas mit einer Flüssigkeit wie dieser hier übers Jackett geschüttet. Das und nichts anderes war der Grund für Allans berühmte Ohrfeige, über die man so viel gerätselt hat. Ist es damals nicht sogar in den Nachrichten gebracht worden? Ich konnte mich, wie aus Sprachlosigkeit, noch gerade nach hinten auf ein Sofa fallen lassen, sonst wäre ich gestürzt. Kein übler Bursche, dieser Allan, immer Remmidemmi, aber meine Vorliebe fürs Primitive hat ihre Grenzen. Sie verstehen.«

Sie lächelte jeden von uns an. Mit einem einzigen sanften Blick schaffte sie das. Duftete es nicht auf einmal gleichzeitig nach den fünf Junigerüchen, von denen einem so schummrig wird? Zu den Rosen also noch Holunder, Jasmin, Geißblatt, Linden? Ob die anderen das auch spürten?

»Peter!«

Sie zählte vom Daumen an vier Finger ab und benutzte die beiden mittleren, um sie bei einem angedeuteten Gähnen vor den Mund zu halten.

»Peter, der Dichter! Ich weiß gar nicht mehr, wie ausgerechnet ich an den geraten bin. Er war der intellektuellste, der einzige mit Brille übrigens. Sie kennen ihn ja. Ein sensibler, aber äußerst querulantischer, nein, mäklerischer Frauenheld. Tolle Einfälle für die Liebe, ich meine für die Wörter. Nur diese Notizenmacherei, die war nicht auszuhalten. Mittendrin rannte der, ganz sprichwörtlicher Schriftsteller, vom Bett zu Bleistift und Papier. Noch grauenhafter war das unentwegte Lauschen nach innen, ob und was er wohl augenblicklich empfand. Das malen Sie sich bloß aus! Ein Bürokrat, ein Buchhalter. Kaum betrat Peter ein Zimmer, zog er Schuhe und Socken aus wegen der bäuerlichen Herkunft. Ein Geizhals auf allen Gebieten eben! Als ich mich von ihm verabschiedete, habe ich ihm zum Trost geschworen, nie im Leben ein Buch zu schreiben.«

Sie hob die drei Finger von eben in Schulterhöhe.

»Es hat ihn tatsächlich aufgerichtet. Er ließ mich ziehen, ohne dabei zu weinen. Und dann Alain! Zuerst hielt ich die drei Bodyguards, alle vom Balkan, glaube ich, für Wichtigtuerei oder heimliche Liebhaber, dann begriff ich, daß er außerdem wirklich Angst vor Rache hatte. Der, Alain, war der Kriminellste mit einem, sagen wir: bemerkenswert individuellen Hang zur Grausamkeit. Seine Kumpel sagten, es hinge mit dem Vater, der Schlachter war, zusammen. Früh von zuhause ausgerissen, Fremdenlegion, sehr, sehr obskure Vergangenheit und Gerüchte, er sei dort Spezialist für Folterungen gewesen. Niemand durfte ihn danach fragen. Er drohte sofort mit seinem Anwalt. Aber so ein hübsches, ungezogenes Milchbartgesicht, nicht wahr? In der Filmerei war er erfolgreicher als ich, als sensibel-eiskalter Verbrecher unschlagbar, eine Mischung, die er kreiert hat. Nie ist er den Verdacht losgeworden, einer seiner Bewacher, der später erschossen wurde, hätte in seinem Auftrag wenigstens einen, vermutlich mehrere Morde begangen. Eins steht fest: Tatsächlich war er ein Männchen, ein Weib.«

Sie holte zu einem großen Schluck Champagner aus, wie um unangenehme Bilder loszuwerden, nippte dann aber bloß, mehr war Alain eben doch nicht wert, und sah auf die Uhr.

»Am merkwürdigsten war es mit Tony. Es ist falsch, einfach falsch, wenn behauptet wurde, er hätte mich weggeschickt. Es ist in gegenseitigem Einverständnis in die Brüche gegangen. Stunden, tagelang konnte ich sein Gesicht ansehen, ich könnte es immer noch. Auf Abstand ein schöner Mann, aus der Nähe nicht mehr unbedingt, dafür um so … um so … interessanter.«

Entschied sie sich nicht mit einer Spur von Verachtung für das Wort, Verachtung für uns, die ohnehin nichts kapierten?

»Aber andererseits war es so, daß ich …«

Sie winkte zierlich verwegen mit dem Glas und trank es, als es gefüllt war, mit einem Ruck aus.

»... daß ich mich immer dann, wenn ich ihn auf einem Plakat oder in einem Film sah, sofort neu in ihn verliebte und für ihn um die halbe oder ganze Erdkugel gereist wäre. In der Nähe verflog die Leidenschaft sofort. Uns fiel nicht ein, was wir sagen sollten. Ich weiß nicht, ob wir uns zu sehr liebten oder beide langweilten. Ist das nicht komisch? Ob es daran lag, daß ich mich, wenn er mir gegenüber saß, sofort wegschwindend, wie von ihm ausgepustet, ja ausgelöscht fühlte? Sie alle haben die Filme mit Tony gesehen, dieses Irisierende an ihm, es gefällt einem oder gefällt einem nicht. Ich reagiere noch heute darauf, aber ich mache nicht mehr den Fehler, allein in seine Nähe zu kommen. Alles in allem die beunruhigendste Liebe meines Lebens, ich sehe, wenn ich ein bißchen Verliebtsein benötige, einen Film mit ihm an, und schon schwebe ich ein wenig. Den leibhaftigen Tony meide ich, so gut ich ...«

Sie trank jetzt ihr drittes Glas Champagner und sprach sehr leise. Niemand wagte sie zu stören.

»Sagte ich eben, Sie sollten von mir die definitive Wahrheit hören? Dann will ich Ihnen etwas beichten.«

Man verstand sie kaum noch, man mußte schon in der ersten Reihe stehen, da halfen auch die Mikrophone nicht weiter.

»Ständig ging es schief, weil ich den Tick mit dem nicht nachzuholenden Versäumnis hatte. Haben Sie jemals als Kind krank im Bett gelegen und draußen unerreichbar die Geräusche des Sommers gehört, des gottverdammten Sommers? Man vergeht vor Kummer, etwas Wichtiges nicht mitzukriegen. So war es bei mir in der Liebe: krank im Bett gewissermaßen. Ich konnte mich nur kurze Zeit, viel zu kurze Zeit konzentrieren, ich horchte auf die Ablenkung draußen, irgend etwas Lockendes, das ohne mich ...«

Man mußte jetzt ahnen, was sie sagte, konnte kaum noch beweisen, daß sie Wörter formulierte. Ihr Manager oder Aufpasser runzelte bereits die Stirn und versuchte ihr ein Zeichen zu geben.

»... insgeheim geistesabwesend. Es gab etwas anderes, von dem ich nicht so lange abgehalten werden wollte. Welcher Mann erträgt das schon? Kaschieren konnte ich es bei keinem. Ich war es, ich, die jedesmal verlassen wurde. Das sollte ich wohl besser nicht gestehen. Da, Ben, mein Chef, kriegt schon die Motten, Sie sehen es, weil ich Rufschädigendes daherrede. Ich habe immer gehofft, Peter und Allan, Jean, Klaus, Alain und sie alle würden es nicht merken. Ganz konnte ich es nie verheimlichen. Im perfektesten Clinch ...«

O Gott, wie sehr die schöne Frau auf der Kippe stand in ihrer prunkenden Schönheit! Tony hatte sie hier nicht mitaufgezählt.

»... Clinch, Clinch, Clinch fiel mir ein, wenn man auf dem Bauch liegt und durch die Lücken sieht, wie man dabei ganz flüssig wird, am Wasserrand so ein weißes Zeugs wie Gischtschaum, endlose Linien, die sich krümmen, dann das Flüstern, immerzu flüstert es so schauerlich, was ist so ein Clinch dagegen, aber es gibt wenige Nächte im Jahr, die so sind, man verpaßt es leicht, es muß Juni sein für die klitze-klitzekleinen Glühwürmchen, für die ganz kindischen Glühwürmchen, was ist selbst so ein Jean, erst recht ein reicher Klaus dagegen. Denn man muß gut sein für das alles, sonst spürt man nichts, muß gut sein, und wann ist man das schon? Beim Lieben, ja, da ist man gut, aber da hat man keine Zeit, keine Nerven für diese Sachen, keine Ruhe, keinen Frieden. Nur: Ohne Liebe nutzen sie wiederum überhaupt nichts. Aber was ist andererseits dieser ganze Liebesfirlefanz, und es war hier doch nur eine Auswahl, und der früheste und der aktuellste Liebhaber sind sowieso nicht dabei, gegen dieses Baumflüstern und die Spiegelei von Holunderbüschen im Wasser, nur eben auf der anderen Seite ...«

Ihr Manager oder Agent betrachtete die Diva, als wollte er ihr im nächsten Moment ein Glas kaltes Wasser ins Gesicht schütten. Ihre Anhänger hielten schon eine Weile konsterniert den Atem an, sie hörten vermutlich nur noch unverständliche Artikulationen einer eventuell beschwipsten Frau. Da sagte sie laut:

»Spiegelei? Nicht gut? Dann eben: Spiegel-Ei!«

War da nicht die Andeutung einer kleinen abfälligen Kußhand in die Richtung ihres Managers?

»Spiegel-Ei unter Holunderbüschen. Gut, ist ja gut. Das war mit einem jungen Maler, viel, viel jünger als ich. Er kannte alle Schwächen an Frauenkörpern, die geringfügigsten Makel und stürzte sich hochbegeistert mit seinem Pinsel darauf.«

Sie kicherte kurz, etwas schien sie zu überraschen, dann redete sie weiter, flott, für die subtilsten ihrer Verehrer fast kränkend routiniert:

»Unter Holunderbüschen haben wir einmal zusammen Spiegeleier auf einem Camping-Kocher gebraten. Als wir uns näher kamen, wollte er zur Stimmungssteigerung unbedingt auf französisch Joseph genannt werden. ›Jupp‹, sagte ich unter den blöden Büschen, die voll hingen mit lauter Tellern, so sah es aus, für unsere Spiegeleier, ›Jupp, du hast 'nen Knall‹. Himmel, war mein petit Joseph da eingeschnappt! Sie merken es an seiner Antwort. Hören Sie nur: ›Das, was an schönen Frauen am spätesten altert, sind die Beine. Darum lenken sie mit jedem Jahr verzweifelter die Aufmerksamkeit dorthin.‹ Eine Frechheit, für die ich ihn auf Heller und Pfennig bezahlen ließ bis zum Schluß. Fertig! Eins, zwei, drei, vier, fünf, sechs, sieben. Bitte sehr, ich habe Wort gehalten.«

Das Bein beschrieb mit dem wippenden Fuß einen Bogen, der an gerade noch schicklicher Rasanz den ersten weit übertraf. Die schöne Frau erhob sich, verließ uns sogleich lächelnd und grußlos, als wären wir eine Häuserreihe, ein Bücherregal, ein Trupp ehemaliger Liebhaber, schüttelte uns ab, um schleunigst nach draußen zu gelangen, in den flackernden Oktober, ins Freie.

Liedchen

Ich und meine schönen Unterarten oder immerhin diversen Abarten, so schwindsüchtig verbleichend und sternförmig, so, ah, geschlitzt, Anemone Blanda, Hupehensis, Nemorosa und so weiter: Wie bin ich mir, wie sind wir uns selbst quicklebendiger mythologischer Ramsch und Rätsel.

Dazu, ganz unwiderstehlich, die Verwandten Anemonella, erst recht Adonis vernalis mit den sehr, sehr giftigen Glykosiden, aestivalis, amurensis, annua! Frühblühend, spätblühend, an kurzen und langen Stielen begeistern wir uns aneinander in unbegreiflicher Raserei, bis ein Windhauch uns niederwirft für alle Zeit.

Nichts Reizenderes, Ranunculoides, gibt's ja als uns. Unser Leben schäumt dahin in einem einzigen Entzükken über uns selbst. Von Anfang an ist es in uns, treibt am Morgen unsere Blüten auseinander. So verharren wir im leichten Vibrieren des Rausches bis zur Dunkelheit, in der uns eine gnädige Ruhe vergönnt ist vor unserem Anblick, der uns im Licht allezeit erregt.

Unmöglich, daß es bei Anemonopsis, der Scheinhaften, Falschen, genau so ist. Nur ähnlich sein könnte! Tief sehen wir unserer eigenen Schönheit ins Auge, stets neu betört. Dazu sind wir bestimmt, ohne den Grund zu wissen. Allein an ein fernes, sehr lange schon verstummtes Schluchzen erinnern wir uns. Tränen und Blut waren die erste Feuchtigkeit, die uns zum Wachsen zwang.

Wir Anemonen, wir alle, Coronaria, Rivularis, Sylvestris, fühlen verborgen in uns, viel tiefer und dämmernder noch als das belauschte antike Weinen, die Adern der Myrrha, der verwandelten Mutter, was für mulmige Metamorphosen, Netz ihrer Lebensströme im Myrrhabaum, Metamorphosenmist, dem wir entstammen, vorzeitlich, gegen Naturgesetz, gegen Anstand gewaltsam, lieblich hervorgebrochen aus rindenumschlossenem Leib, nicht umweglos allerdings.

Tomentosa und Trullifolia, verschüttet die Spuren noch älteren Gefühls: Wir zittern, wir beben im Windhauch, bleich und glühend im mythischen Schwachsinn, Nonsense der Frühzeit, wie es uns drängte, nicht uns, der in unserer Mutter züngelnde Trieb war es wohl – wir können uns hier nicht Auskunft geben – verbotener Trieb zum Vater, zum Erz-, uns schwindelt, zum Urgroßvater, drängte in Gestalt der Tochter, damit sie uns als zukünftige Mutter – hier beginnt die vegetative Verwicklung, hier kenne sich einer noch aus – empfing.

Adonis vernalis, Pavonina! Ihr Schönen! Schöner als ihr und wir alle war der, der zum Vorschein kam, aus der Rinde schlüpfend wie wir dann endlich, krönender Abschluß, aus ihm. Unsere Quelle ist er, die männliche Mutter – uns raucht der Kopf –, ungern allerdings, unfreiwillig, er mußte dran sterben, der unvergeßliche junge Mann, Adonis, o Höchstmaß an Schönheit, unvergeßlich durch uns, die flugs seinen Wunden entsprangen. Hört ihr die Liebesseufzer der Frau, Aphrodite, der von seinem göttlichen Anblick bezirzten? Der Unsterblichen, die den Jäger, den kindischen, unter Waldbäumen liebte?

Er schien zu gähnen. Wie ein Erwachender, träge sich reckend, so bäumte er sich im Sterben auf zwischen Moos und Farn. Multifida! Es gab uns jetzt bald, noch nicht ganz. Doch wir hörten bereits das Stöhnen, eine Begleitmusik, die seinem Tod durch den Eber galt, nicht unsrer Geburt. Er schien, Apeninna, Hortensis, hinreißend zu gähnen im Todeskampf.

Wir blinzelten erst, da sahen wir schon das Blut, in dem wir zu sprießen begannen, rechtzeitig noch, bewunderten, unsre sich bildenden Lebenssäfte zu früh aufwühlend, den Körper, hart und mager, ach, Anmaßung der Jugend, einzig herrliche, immer Angriff und Abwehr, jetzt tödlich getroffen, gebogen der Brustkorb weit über die Regel, knabenhaft, als schlüge er eine Brücke ins Gras, aus Übermut. Ach, die uns lüstern stimmenden Schatten vom Nabel zu seinen Lenden hin!

Wir witterten ihn, den Schweiß des Totenblassen, entzückt, als wären wir seine Geliebte, die schrie vor Schmerz. Wir nicht, wir entstanden. Entstanden ihr zum schwachen Trost, erst in diesem Moment. Ah, wir Kleinen, wir flüchtigen Buschwindröschen, wie profitieren wir von der unvergänglichen, von der mythologischen Konfusion! Wie sind wir uns ein verzwicktes Rätsel, wie bin ich's mir selbst – ach, und schon entblättert.

Für ewig verweht.

Wie!

Aber wie? Ist das nicht die heimliche Frage, die sich alle am Meer, an der See, am Ozean stellen?

Zugeben wird das niemand. An vielen Stellen der Welt hauen sich die Völker sprichwörtlich und gewohnt schauerlich auf die Köpfe. Trotzdem und auch deshalb gibt es hier, man erkennt es auf einen Blick, für die wie vom Schlag getroffen Herumhockenden nichts Dringenderes, nichts Bohrenderes als die Frage nach dem Wie. Wie verhält man sich hier, sozusagen am Ziel? Sich nicht täuschen lassen von ihm, das so katastrophal aufgetaucht ist, steinern, wenn auch plärrend.

Wie stets ist ihm der Ruf vorausgeeilt, eine unserer großen, ja vielleicht die allergrößte Wonne und Leidenschaft von Groß und Klein zu sein. Und nun: verheerend aufgetaucht, platt, präsent, daß es eine Annullierung ist. Vorhanden wie nichts Gutes, das Meer, aber ohne weiteres in der Lage, jeglichen Glauben an das Gute und Böse und die Unterschiede dazwischen im Handstreich zu ertränken, nichts weiter als unparteiisch vorhanden, grausig anwesend bis zur Unsichtbarkeit.

Das alte, alljährliche Übel also. Ratlose Väter, stumme Verzweiflung in den Familien, verwirrte Liebespärchen, die konsterniert ins Bett oder gleich für immer auseinandergehen. Sehen Sie den weißen Hund? Der freut sich als einziger aus reinem Herzen. Wie dem der Schwanz hin- und herfegt! Sein Herrchen wirft ein Stück Holz ins Meer. Wunderbar! Schon tobt der Hund durch die Wellen, schleppt die Beute schnurstracks zurück, und nun ist es die Herrin, die schleudert, dann wieder der Mann. Glückliches Tier, sinnerfülltes Treiben. Bis die teuflischen kleinen Jungen kommen und lockend Steine ins Wasser schmeißen, wo sie sogleich spurlos, gemäß ihrer Eigenart, versinken. Steine, die der begeisterte Hund apportieren will, bis er schließlich, suchend auf leerer Wasserfläche rudernd, aufgibt.

Dort die magere Frau im Bikini, zerklüftet das Gesicht, jedoch so großzügig gedacht, so weh der Mund! Gerade liest sie und versteht den Witz dabei nicht: »›Ich bin so nervös, so nervös‹, flüsterte tändelnd die Frau. Schon holte der Mann kräftig aus und beruhigte sie mit einem einzigen Backenstreich.« Denkt sie nicht an diejenige, die mit sechzehn Jahren und einem wimmernden Bündelchen zurück ins Haus der Eltern, des dummen Erdarbeiters und der Bäckereigehilfin schlich, an ihre eigene Mutter nämlich mit dem bis zu ihrem Tod lieblich-verweinten Gesicht und einem richtigen Schicksal im Gegensatz zu ihr, dem ausgewachsenen Bündelchen, das wenigstens hier, am blauen Meer, eine zeitweilige Erlösung von der Lebensunfruchtbarkeit erhofft und schon beinahe fordert?

Dort ist ja eine echte Frau mit Kleinkind! Sobald die aber einmal versehentlich am Säugling vorbei auf die riesige Wasserfläche schielt, zuckt sie von der lieber schnell zurück.

»Wie schultert man das Meer?« fragt jener Männerkörper in neuer Badehose mutig im Ausfallschritt. Er weiß es auch nicht, federt nach der Regel in den Knien und mustert entschieden den Horizontstrich, sonst nichts.

Ein für allemal wollte das Mädchen, das die Haare so flattern läßt, nur stellt sich nicht recht ein Wind ein, vor dieser Kulisse ihre Liebe zum unzuverlässigen Geliebten beenden, wollte am Meeresufer trotzig denken: Alles abgestorben, ertränkt für immer und ewig und aufgelöst die Vergangenheit in der Wasserfläche! Was ist nun? Jetzt denkt sie viel lieber daran, wie hier, am Strand und am hellen Mittag, nur halb verborgen hinter einem Kombi, ein Mann eine ganze Frau von oben bis unten gegen die Wagentür preßte. Dauernd muß sie sich fragen, wie weit, und inwieweit freiwillig seitens der Frau, die beiden wohl gegangen sind bei ihrem sehr unruhigen Treiben.

Sehen Sie auch den Polizisten mit Brille? Gerade rutscht ihm das Handtuch vom Hinterteil. Leistet sich mit der kleinen Familie das Meer. »Dieses Jahr ist Urlaub am Meer, am Meer für uns alle drin!« hat er gesagt, und nun vergleicht er dauernd die Preise, die Kosten, die Preise.

Am schlimmsten geht es dem fahlen Ehepaar, beide viel flotter mit den Strichmäulern als herzhaft im Gefühl, da, im Schatten eines Felsbrockens. Manches hatte es sich hier erhofft, und nun bleibt dem Paar nichts übrig, als zu schwadronieren über eine Schnapsidee: daß die Natur nur eine bescheidene Palette von Gerüchen habe, den sich Tausende von Gewächsen teilen müßten, und entsprechend gebe es auch lediglich zehn bis fünfzehn Gefühlsvarietäten für die Unzahl verschiedenster Anlässe. Das alles, dieser heiß diskutierte Blödsinn nur, um sich irgendwie mit dem Meer abzufinden, mit dessen Nichtvorhandensein. Wassermassen? Augenscheinlich ja. Aber das Meer? DAS MEER? Nein!

Das hieße ja, bloß weil es viele Kirchen gibt, gäbe es auch einen Gott darin zu wohnen. Was ist das jetzt für ein schwarz-weißer Dreizentnerkrebs, der so umständlich ins Meer fingert? Ach, nur eine alte bleiche Frau mit vielen Ausstülpungen.

Hahaha! Das ist das Kurioseste. Auf dem Felsbrokken des Ehepaares hat von der anderen Seite her ein Junggeselle oder Witwer ein einsames Glas Campari abgestellt. Wie das funkelt im Abendsonnenschein! Das soll nun als Köder funktionieren oder als Brennglas, dem blond- oder schwarzhaarig der Meereszauber entspringt. Was haben die sich nur alle zusammenfabriziert auf dem Weg hierher, sind verzweifelter, als sie ahnen, wie die Kinder werden wollen sie aber auch nicht. Ihr mutloses Lauern ist ja kaum zum Aushalten. O Gott, diese Leere und blau angestrichene Einöde! Jetzt lösen sie in ihrer Not überall Kreuzworträtsel, Namen für Sachen, ein Wort für ein anderes.

Dabei ist es in Wirklichkeit leicht. Man muß sich nur einreden, daran zu glauben. Muß glauben gegen den Augenschein, sich mit aller Kraft einbilden, es gäbe das Meer. Man kann anfangs ruhig die Augen schließen und sich sagen: Das hier ist es, das Bild des Meeres und das Meer selbst, so ist das Meer in meinem Kopf und außerhalb, mit meinen Augen und ohne sie. Das Meer ist in Wahrheit sichtbar, wahrhaftig DAS MEER. Hier ist es verborgen, und sieht man lange genug hin, erscheint's tatsächlich.

Dann ist es ungeheuerlich, dann kann man das Meer sogar, dem Land und sich selbst sanft entwurzelt, betreten. Wahrhaftig, man ist plötzlich mitten drin, umgeben von ihm, und es strömt mit Wucht durch die Konturen der eigenen stammelnden Person hindurch. Die darf man schwimmend vergessen, muß sie vergessen. Auch strömt man dann selbst ins Meer ein. Zeit und Leben, Raum und Tod halten den Atem an: Das Meer tritt in Erscheinung, gleitet in die physikalisch offerierten Umrißlinien. Soviel zum Wie. Rast in aufsplitternden schwarzen Walzen heran, hoch darüber träumt seit Urzeiten an seinem Platz wie ein Säugling, Singvogel ein Wölkchen, in der für Sekunden auftauchenden Ewigkeit, Tautropfen der Ewigkeit in den Farben Grün, Gold im lautlosen Crescendo.

Zwingen allerdings – niemand sollte aus dem Umstand, daß es das Meer vielleicht nicht gibt, folgern, es sei zwangsläufig nicht existent, ein Donnern, Echo … Hall? – zwingen kann man es nie.

Wirre Witwen, wissender Witwer

Wir, Elli, Riekchen, Tilly und Ruth – bei Betty, Zita Engel, Nanni, Lurlei und den anderen kann man sich nicht ganz sicher sein – sind früher einmal zwischen Spanien und der Türkei, Nordafrika und Schweden regelrecht zuhause gewesen, dort allermindestens. Wir weinen dem trotzdem nicht nach, wenn es hier, nicht mehr zu zweit wie damals, sondern im Schwarm von Alaska nach China, von den Karpaten in die Pyrenäen geht. Zu Anfang unseres neuen Zustands sind wir noch allein, rechts Wüste, links Prärie, unsichere Schritte in die Vereinzelung, Augen starr geradeaus oder übertrieben einer im Grunde nichtssagenden Vegetation zugewandt, aber erstaunlich schnell werden wir dem schweifenden Rudel einverleibt. So hat es jede von uns an sich selbst erlebt, und man konnte es dann von außen bei Ruth, Nanni und Riekchen ja so schön studieren.

Die kleine dicke Nanni! Man sollte nicht gleich merken, was mit ihr los war und sah es doch auf den ersten Blick! Diese krampfhafte Entschlossenheit, die nur für die ersten hundert Meter reichte, dann mußte sie sich schon setzen und ins Taschentuch weinen. Nanni, ganz wie wir anderen in flotter Hose mit Blazer und Trägertasche, Riemen diagonal zwischen den Mordsbrüsten – haben wir inzwischen alle – zur Sicherheit. Die Nase vom Schniefen rot wie die Haare. Deren Farbe variiert, der Schnitt bei uns allen eigentlich nie. Wie ein Möbelstück stand unsere Nanni in der Gegend. Fünf Kinder zur Welt gebracht und ein Gesicht dabei wie die himmlische Jungfrau! Jemand hatte ihr den Tip gegeben, daß sie hier alles hat, was ihr das Leben noch bieten kann, Gebirge, Wasserfälle, Weiher, sogar einen Fasan und uns. Wir haben sie von fern ins Auge gefaßt und erst mal machen lassen, wie wir es von uns selbst kannten. Ließen sie sich ein bißchen zieren. Das brauchen wir Witwen zu Beginn. Man war schließlich noch nicht lange vorher viel, viel Besseres gewöhnt und richtig begreift man es erst jetzt. War das etwa bei unserer Uschi (die glaubt, alle Pflanzen mit etwas größeren Blättern hielten ihr die Pfote hin; sie drückt sie ihnen tatsächlich) oder bei Anna-Annegret (die so gern mit strengster Miene vor uns Dummen die Blumen beim lateinischen Namen nennt, eigentlich: abliest), war das bei Elli anders? Alle zu Beginn in der typischen Möbelhaltung, die eine mehr Schreibtisch, die andere eher Kommode oder Schrank, schwer zu verrücken, von sich aus völlig unbeweglich, alle, mein Gott, alle. Man tut so, als wollte man in Ruhe gelassen werden und hofft bereits, daß jemand kommt und einen verschiebt. Sich womöglich in den Bambusdschungel ducken und schon schielen, schon lauern, ob man denn von der ganzen Welt vergessen und verspottet ist. Und jetzt? Jetzt ist Nanni die munterste, käferigste, wuseligste von uns allen.

Wir bummeln, ungeachtet unserer kleinen Hinfälligkeiten, zwischen Vorderasien, Balkan und Himalaya. Elli und Riekchen sind dort in Wirklichkeit gewesen, andere von uns haben es nur geträumt, verwechseln das mit der Realität. Was macht's schon! Uns insgesamt bindet man jedenfalls in punkto global keinen Bären auf, und fühlen wir uns denn nicht als Mannschaft und Gestöber, wenn wir hier flanieren und schlendern, unsere Runden ziehen und uns wehen lassen von der Hochstaude Echinacea purpurea, die Zita Engel so liebt, ins Farndickicht? Ach, die Liebe, riskant im Freien, im tief Grünen einstmals! Wir nannten es neckend »sündigen« und hatten unseren Spaß daran. Manche von uns bilden sich auch das bloß ein, Nächte auf Parkbänken unter Magnolienbäumen, wenn sie hier wieder zu blühen und zu duften anfangen, die riesigen bleichen Blüten, im feinen Regen, der störte uns nicht, wir waren ja jung, hielt uns nicht auf. Die Riekchen bei der Liebe, mit einem Pariser zaghaft im Täschchen und da blieb das Ding auch, dort, wo das Gras mit den Schnecken durch die Bankbretter wuchs? So war's bestimmt nicht, aber sie tut als ob, möchte so sehr, daß es so war mit ganz verhangenem Blick, will außerdem in Neuseeland gewesen sein. Man hegt seine Zweifel, legt jedoch keinen Wert aufs Bezweifeln.

Wir wandern und stapfen hier die Wege und Kontinente rauf und runter in vernünftigen Schuhen, ermutigen uns zu immer vernünftigeren Schuhen, unsere Erinnerungen färben aufeinander ab, laufen aus wie das Rot und Blau von Wäschestücken. Wir sind ein begeisterter Chor von Witwen, sind im Durchdringen von Mitteleuropa und dem Gemäßigten Südamerika eine einzige große Witwe, mal in Form eines Rechtecks, mal einer Linie, eines Knäuels, wandernd, wehend, visitierend. Was helfen uns entfernte, eventuelle Enkelchen! Auch da krückt Riekchen unüberprüft. Wen kratzt das? Wen kränkt das? Wir streichen zwischen den Büschen und Bäumen, den Beeten und Bassins umher.

Wir Altwitwen weisen ganz beiläufig die Jungwitwen ein. Das sind die Etappen: ihr Sträuben in Kummer und Verstocktheit, Aufweichen und Annäherung, Auflösen, Einschmelzen in den Gesamtcorpus. Der ist hier zuhause, der ist hier, bei Nieswurz und Rittersporn in seinem Reich. Wir selbst sind längst nicht mehr schön, weiden uns, auch wenn es bedauerlicherweise äußerlich nicht ansteckt, nur im Herzen, am Schönen. Zu manchen Pflanzenformen, Blumennamen und Gerüchen fällt uns ziemlich Unanständiges ein. Immer gibt es eine von uns aus dem Witwenkörper, die es ausspricht, und wir kichern dann schäkerig, wie wir es früher niemals derart ausgiebig über so was Blödes getan hätten. Beim nächsten Mal, eine Woche später, lachen wir, wenn wir an der Stelle vorbeikommen, wieder darüber, eine heller als die andere. Zita Engel ist noch nicht ganz Witwe, aber stromert schon mit, wenn auch leicht naserümpfend, manchmal sogar mit erbostem Blick auf uns. Wir übergehen das in Gutmütigkeit. Wir wissen ja, was bald kommt, was sie bald ereilen wird.

So geht das ein Weilchen und tut uns gut, uns vergnügt verknautschtem Witwengesindel, verwitweten Backfischen, wie wir hier schwimmen, watscheln, rudern – kaum noch eine, die sich die Mühe macht zu trippeln – durch unser, ja insgeheim unser würziges Imperium bei jedem Wind und Wetter, am tollsten im Novemberverfall, alles Kraut und Gestrüpp, nichts als braunes und graues Gekräusel bis auf den grellroten, angefressenen Frauenmantel am Boden und trübes Blattgoldgesprenkel von den Teichgründen herauf, eine haarige, stachlige Welt, die bald welken oder erstarren wird.

Offen gestanden sind wir hier ziemlich oft, das hier ist schon fast unser Privatbesitz, sind immer öfter hier, keine andere Stelle im ganzen Stadtgebiet reizt uns mehr, reizt uns überhaupt noch. Wir wissen nicht warum, aber wir spüren ausnahmslos die Anziehungskraft und geben ihr nach. Kaum sind wir durch das große Tor am Pförtner vorbei, geht es los mit uns, sind wir außer uns, außer Rand und Band.

Der Pförtner kennt uns längst, der wortkarge Mann, der in seinem winzigen Kiosk rauchend haust. Er blickt kurz von seinem Lesestoff hoch, wenn wir kommen und nickt uns zu. Lächelt er mal, ist das schon viel. Ein insgesamt bräunlicher Mann, aber auch er ist natürlich nicht mit dem Kiosk um sich herum auf die Welt gelangt, obschon es nahegelegt wird.

Wir vermuten, daß er Witwer ist. Unsereins wittert das. Witwe wie wir, nur eben ein Mann.

Kaum hat sich unsere Gruppe an ihm vorbeigequetscht, er muß ja hinsehen, ob kein Unfug geschieht, kein Haustier mitgeschleppt wird und ähnliches, geht es also los mit uns. Es fehlt nicht viel, und wir fangen an, singend den Helleborus zu entwurzeln, aus lauter Freude, können kaum an uns halten. Würde uns jemand beobachten, müßte er denken, es käme uns wirklich auf das Botanische an, auf diese Blumen samt ihrem Schildchenwesen und dem gestelzten Latein. Ja und nein! Es sind die Stimmungen, das wissen wir inzwischen, das ist es, weshalb wir dauernd hier sind, die enge und schwärzliche, ein klein bißchen schauerliche Stimmung im Gang durch den Bambuswald, die verwegene am Gebirgswasserfall, die rührselig süße, die, ist uns doch wurscht, unsertwegen erinnerungsselig kitschige bei den Rosenbüschen über dem Wasserspiegel.

Der Portier hat abends einen Hund dabei, und was

für einen! Schwerer Rottweiler. Als wir ihn zum ersten Mal sahen, roch es aus dem kleinen Logenhäuschen nach Rotkohl. Den Hund, den sein Herrchen »Schatz« nennt, hat er natürlich nicht wegen uns, sondern wegen anderer Elemente, eventuell aufgrund der jungen Weißrussen, über die er in seiner Wortkargheit nicht spricht. Vielleicht gibt es Leute, die Pflanzen klauen oder Anlagen verwüsten oder es müssen verliebte Rubbeleien von Halbwüchsigen im Finnlandhäuschen aufgespürt werden. Auf uns wirkt »Schatz« fett und freundlich. Vielleicht ist er eine alte Witwe? Nach Schließung der Tür läuft er frei im Garten rum, heißt es, schützt die winzigen Zyklamen. Er kennt uns.

Auch die Gärtner kennen uns. Aber sie zeigen es nicht im geringsten. Sie rutschen, grün wie Moos und scheue Flechten oder mindestens wie ein kriechendes Gebüsch auf dem Boden rum, ohne überhaupt einmal aufzublicken. Man grüßt, und sie grüßen nicht zurück, sie nehmen nur Pflanzen wahr, keine Menschen. Dabei sind wir fast genau so oft hier wie sie selbst. Oft stehen sie auch zu mehreren und beraten, ganz in sich gekehrt auf ihre Spaten gestützt, vergessen Raum und Zeit und sehen grüblerisch einem Einzelnen zu, der mit einem Baggerchen eine matschige Böschung befährt.

Dann gibt es noch den wüsten Blonden, von morgens bis abends gibt's den hier. Kommt mit zwei vollgepackten Plastiktaschen. Um den ganzen Kopf herum schießen ihm die strohblonden, steifen Borsten nach allen Seiten weg. Wir vermuten, daß er nicht das geringste Zuhause hat. Trotzdem muß er eine Art Forscher sein. Man trifft ihn dort, wo am frühesten die Sonne hinscheint, an einem der Teakholztische vor seinen Büchern und Papieren. Da arbeitet er den ganzen Tag bis zum Frost. Er kennt uns nur zu gut, will uns jedoch lieber nicht wahrhaben. Ob er uns für Konkurrenz hält?

Seit einiger Zeit erst spaziert hier ein Wachmann herum, komplett in Schwarz. Schwarzer Sheriff? Obschon das Zeug ihm dafür nicht spack genug am Körper sitzt. Er hat es sicher nur antiquarisch gekauft und trägt es zur Abschreckung, second hand, der freundliche Herr. Bei ihm ist es so: Er würde gern mit uns schwätzen, darf aber von Berufs wegen nicht gemütlich wirken. Gern sitzt er vorn beim Portier und dem »Schatz«. Da rauchen und plaudern sie wie studiert, dann geht er wieder auf Patrouille und trägt dazu als Waffe einen großen Schlüssel an der Seite, außerdem ein Lederetui mit einer Pistole oder einem Fahrtenmesser darin verborgen zur Einschüchterung der Dummen.

Wir haben den Eindruck, allerdings, daß er sich doch manchmal ein bißchen wundert über uns. Zita Engel ist es zuerst aufgefallen. Sie geniert sich noch so leicht und fehlt auch ab und zu bei uns. Fehlt extra, richtig mit Vorsatz. Wir anderen hingegen sind pünktlich am Tor zum Treffen zur Stelle, wann immer verlangt. Und das ist der strittige Punkt: Zita meint, wir wären ein bißchen zu oft hier, sollten auch andere Orte in unserer schönen Stadt aufsuchen, das Flußufer, den Zoo, den alten Botanischen Garten in der Innenstadt.

Dazu fehlt uns inzwischen jegliche Lust. Wir haben es mit anderen Plätzen versucht, wie unsere Männer früher, früher einmal mit ihren Stammtischen. Eine Katastrophe! Es verblüfft uns selbst. Wir wollen nur noch hier sein, am liebsten rund um die Uhr. Dieses Stöbern und Strolchen! Regelrechte Gartenstreicherinnen sind wir, trotz vereinzelter Behinderungen, und darüber, zugegeben, staunt der Wachmann. Ist vermutlich kein Witwer, noch nicht? Nickt uns freundlich zu als guten Kundinnen, das schon. Aber beäugt uns auch. Eintritt kostet es ja keinen. Man kann jederzeit raus- und reinrennen. Zita schämt sich wegen seines etwas nachdenklichen Grüßens, wenn er uns begegnet und beim Vagabundieren zusieht.

Wir aber halten uns damit nicht auf. Wir stürmen und fegen über die Wege und zwängen uns auch durch sehr kleine Pflanzengassen, bei denen uns die Zweige ins Gesicht schlagen und Dornen fast die Kleider zerreißen. Solange sie als betretbare Pfade ausgewiesen sind, werden sie von uns heimgesucht. Wir dringen überall hin, es hält uns nirgendwo allzu lange. Kaum sind wir eingefangen von den dämmrig versteckten, wohlriechenden Lichtungen im kleinen Deutschen Waldgebiet, treibt es uns zur Knabenkrautwiese im Abendlicht und weiter und weiter, alle Stationen müssen besucht sein, aber das ist es nicht, ist keine Pflicht, ist eine Sucht, eine heimliche Gier und fast schon Hemmungslosigkeit. Uns nutzt sie, wem schadet sie? Der blonde Borstenkopf sieht jetzt öfter gereizt von seinen Büchern auf, als hätte er Angst, wir wollten mit ihm ein Gespräch anfangen. Wir streunen als graue Schwaden durchs Gelände, von einem schläfrigen Winkel zum anderen, nisten uns dort nur für Minuten ein, schon wird in ein Laubenidyll geschnürt. Dort rauchen wir plötzlich alle Zigaretten. Eine neuerdings entstandene Ruhelosigkeit ist nicht zu leugnen.

Zita Engel hat den Ballon zum Platzen gebracht: »Ihr verwahrlost allmählich. Ihr seid« – und hier hat sie sich mächtig aufgepumpt – »Getriebene«. Mitgemacht hat sie trotzdem wie bisher, sie wollte wohl nur das Wort sagen: »Getriebene«. Herrlich! Quatsch! Eher Zigeunernde und Herumirrende von einer schönen Atmosphäre, die wir in uns einschlürfen, zur nächsten, zur übernächsten. Wir kriegen den Hals nicht voll, und es stimmt: Bei der einen, die wir in uns einsaugen, denken wir schon an eine andere, und dort ist es leider genauso. Manchmal möchten wir, statt so zu geistern zwischen den einstigen Sommergebüschen der Mondviolen und der Clematispergola, für Stunden zur Ruhe kommen, vielleicht im asiatischen Tempelchen? Nichts wünschen. Nur genießen. Es gelingt uns nicht mehr.

»Jetzt spuken sie wieder!« Das hat Tilly gehört. Der Portier soll es zum Wachmann gesagt haben. »Schatz« lag friedlich zwischen ihnen, aber hob die Schnauze mit den furchtbaren Zähnen, als sie draußen bei den Toiletten saßen. Seitdem wird Zita Engel rot, wenn sie durchs Tor geht. Sie spüre die ironischen Blicke, behauptet sie. Über Lurleis Namen wurde laut gehöhnt. Die Schnüffler müssen ihn wohl aufgeschnappt haben. Wir dagegen lächeln nur dann ein bißchen über dieses »Lurlei«, wenn sie es nicht sehen kann. Auch über die Aufschrift »Power Security« auf dem schmächtigen Rücken des Wachmanns haben wir ja nie in dessen Gegenwart gespottet. Wenn wir den Garten verlassen, taxiert der Portier uns und unsere Taschen nacheinander mit unbewegter Miene. Fehlt nur noch, daß er Kontrollen durchführt. Ob er dazu berechtigt ist? Der Wachmann taucht immer öfter in unserer Nähe auf, pfeift ein ungutes Liedchen und schüttelt irgendwie unbeweisbar den Kopf.

Noch etwas kommt hinzu: Die Gartenarbeiter, die stillen Moose, die jätend über den Erdboden krauchen, die menschenscheuen Flechten in gebückter Haltung, selbst die haben sich verändert in letzter Zeit. Sie tarnen ihr Spitzelwesen sehr geschickt als quasi pflanzliche Wesen. Nur wenn man sich unversehens und ruckhaft umdreht, nachdem man unbescholten an ihnen vorbeigekommen ist, erwischt man sie beim Spionieren. Da sehen sie nicht mehr die Erde vor ihren Gesichtern und Knien an, sondern glotzen uns alle nach. Plötzlich jedoch, zack, wie auf Kommando, sobald wir sie anstarren, sind die Rücken wieder krumm und die Hände beim Pusseln.

Wir wissen nicht, wann es angefangen hat und auch nicht, was wir eigentlich wollen. Irgendwas geht mit uns durch. Wären wir hier allein, würden wir dann einen Stich kriegen, einen leichten Strich dadurch? Oder wird es, im Gegenteil, nur schlimmer, weil wir so viele sind, die zur Zeit an den novemberlichen Gebrechlichkeiten der Pflanzenwelt vorbeijagen? Der »Schatz« am Tor hat gestern sogar einmal auf Abstand nach uns geschnappt. »Der sieht Gespenster!« lachte der Portier zufrieden. Tilly meint, er hätte dem Hund ein unauffälliges Zeichen zum simulierten Angriff gegeben. »›Schatz‹ hat auf Befehl die Zähne gezeigt, um uns einzuschüchtern«, sagt Tilly ganz betrübt. Heute morgen war sein Knurren nicht zu überhören. Und unsere Tilly? Sie weint. Dann schnell ein bißchen die Lippen geschminkt und mit uns anderen weitergehastet zu den verträumtesten bräunlichen, sanft goldenen Plätzchen in ihrer nebligen Stille, ohne Rast und Ruh.

Es ist kein Paradies mehr hier. Nur der Ortsunkundige läßt sich noch täuschen. Kein Garten Eden mehr, es schmerzt uns sehr. Eine bittere Pille ist das, nichts anderes. Stoppen kann es uns nicht, nicht Nanni und Riekchen, nicht Ruth, nicht Elli, nicht Zita Engel, nicht Betty und Tilly und uns alle nicht, selbst wenn wir es wollten. Wir müssen hierher, müssen kreisen und kreiseln, jagen und davonschießen, im Uhrzeigersinn und entgegengesetzt.

Es ist ein stiller Kampf ohne Kriegserklärung, das ist klar. »Schatz« röchelt, wenn der Security-Prolet, der Geheimdienstler, der heute zum erstenmal am Vormittag, das stelle man sich vor, am Vormittag, wo wir doch praktisch hier die einzigen Besucher sind, Patrouille geht und dabei in unsere Nähe gerät. Wie oft er neuerdings »zufällig« bei uns erscheint, um uns zu observieren! Will er uns einreden, wir versuchten, uns vor ihm zu verstecken und es sei zwecklos? Tatsächlich wären wir ihn gern los und bemühen uns, ihn zu meiden. Das Vergnügen gönnt er uns nicht, studiert uns statt dessen bei jeder Begegnung wie Gesindel. Also müssen wir Haken schlagen, ihn verblüffen und auf eine falsche Fährte locken. Die Gärtner strafen wir, indem wir uns, kaum daß wir an ihnen vorüber sind, auf Verabredung umdrehen. Da ducken sie sich ertappt, wenn auch einige schon recht frech unseren Blicken standhalten. Tilly behauptet, einer im grünen Kittel habe uns einen Vogel gezeigt und das Stolpern unseres Riekchen sei kein Zufall gewesen. Der Spaten sei ihr mit Absicht in den Weg gelegt worden. Der Blonde aber, der kein Zuhause hat und jeden Tag von morgens bis abends hier über seinen Papieren sitzt, hat gegen jeden Einblick auf seinen Tisch einen Wall aus Büchern gebaut. »Cui bono?« fragt Anna-Annegret schlagfertig.

Ach, daß es dahin gekommen ist! Mit unseren Feinden würden wir uns arrangieren, und es sind doch auch sicher nur Feinde zum Schein, Feinde aus Spielerei, die uns ein bißchen wegen allzu großer täglicher Vertraulichkeit necken wollen. Vielleicht beneiden sie uns, weil wir nicht arbeiten müssen wie sie. Obschon sie selbst ja bloß herumstehen und ein bißchen, allenfalls, in der Erde rumkrabbeln. O doch, mit diesen Foppfeinden würden wir schon fertig. Das Schlimme ist etwas anderes, wir wissen nicht, ob es mit dem Portier, dem »Schatz«, dem Power-Prachtkerl, der offenbar ein leichtes Hüftleiden hat, den grünen Arbeitern und dem blonden Borstenmann zusammenhängt.

Es ist so: Die schönen Stimmungen – wir wollten es uns lange nicht eingestehen –, die wunderbaren, stimmungsvollen Abwechslungen im Herumwandern, die haben für uns nun ganz aufgehört. Wir rennen ihnen nach, wir hoffen immer, die nächstfolgende Stelle würde bestimmt und zuverlässig wie früher dieses Seerosen- oder Waldbodenflair, diese sanften Erinnerungsschwindel hervorzaubern. Nur deshalb stürzen wir doch wie verrückt und besessen voran und im Kreis herum, aber unser Bedürfnis wird nicht mehr recht gestillt, wird im Grunde überhaupt nicht mehr gestillt. Wir sind hier lieber als anderswo, hier ist der einzig erträgliche Ort für uns, unsere Heimat und Zuflucht, wir haben keine Wahl, das bezweifelt keine, nicht Riekchen, nicht Betty, nur Frieden gibt es nicht mehr, egal, wohin wir uns wenden. Wie sollten wir uns damit abfinden können!

Elli, ganz überraschenderweise Elli, die sonst nie den Mund aufmacht, brav mitläuft, aber die Zähne nicht auseinanderkriegt, Elli, die tiefsinnige Ingenieurswitwe, manche dachten bisweilen sogar etwas ungeduldig: stumpfsinnige Ingenieurswitwe, unsere stille Elli, ehemalige technische Zeichnerin, Elli, das tiefe Wasser, hat uns, vorhin erst, auf eine Idee gebracht, kurz nachdem der Wachmann mit drei Gartenarbeitern unverschämt über uns gelacht hat, uns einfach heranwalzen ließ und schon von fern mit dem Grinsen begann, dann den Hund grunzen ließ und losbrüllte mit den faulen Arbeitern, während wir an ihnen vorbei mußten und vorher nicht feige kehrtmachen konnten, Elli sagt, es sei gar nicht aus mit den Gefühlen und allem hier. Das, was wir jetzt zu spüren bekämen, sei eine krüppelige Sehnsucht, eine bekümmerte Sehnsucht, aber ob das denn nichts sei? Ob das nicht vielleicht sogar, recht besehen, für uns Witwenschar das Allerbeste sei?

Wir haben unsere Elli begafft, blöder als die dreisten Erdferkel und Waldhanswurste. So eine Perle! Wir haben sogar für einige Minuten unser Irrlichtern beendet, sind tatsächlich zum Stillstand gekommen. »Sehnsucht wonach, Elli«, haben wir dann einhellig gefragt, und es klang drohend, denn wir machten uns schon darauf gefaßt, daß sie uns, falls sie es wagen würde, verhöhnen wollte und aussprechen, was das Männer- und Hundegesocks hier denkt und einander zusteckt: »Sehnsucht nach einem Mann, sei es nach dem alten oder einem neuen.«

Elli hat uns statt dessen furchtlos angesehen, unglaublich, unsere Elli, und erst mal die Schultern wie ratlos hochgezogen. Dann hat sie bloß geantwortet, sie wisse es auch nicht, es sei etwas an sich, ohne Zusatz, etwas Schieres. Insofern habe sie sich falsch ausgedrückt. Verkrüppelt sei die Sehnsucht nur nach außen, in Wirklichkeit sei sie das Gegenteil, also schön gerade gewachsen und vollkommen.

Man muß nicht alles glauben, was sie sagt. Allerdings hat uns ihre kleine Ansprache nicht mißfallen und fast auch eingeleuchtet. Angenommen, sie hätte recht, dann wäre das hier, der Garten mit den vielen Wegen und pflanzlichen Gassen und den weichen Pfaden aus Geschreddertem (aus dem jetzt Pilze wachsen in Scharen, als wären wir es, nur ganz klein und alle mit braunen Hüten auf dem Kopf) eine Art Bachbett für uns, ein ordentliches Verkehrssystem, durch das wir gescheucht werden von unserer Unruhe, die hier also in Bahnen rotieren kann und hat, was sie braucht. Wir Witwen als die grau schweifende, reißende Sehnsucht, Sehnsucht an sich, die sich in Fetzen und Schwaden der novemberlichen Botanikanlage in ihrer traulichen Biederkeit bemächtigt und alle überwältigt mit ihrem Ziehen, Schmerzen und Nagen und Saugen? Das gefällt, das gefällt uns.

Da können sie noch so die Zähne blecken beim männlichen Verspotten und Drohen, der lachhafte Schwarzkittel-Powermann und seine zottigen Kumpane, der fette Rottweiler und der blonde Borstenbomber hinter seinen vielen Büchermauern. Sie wollen es nicht wahrhaben, wollen uns, die fahrig schweifende Sehnsucht nicht wahrhaben, zeigen die Zähne, weil sie es sind, die sich fürchten. Vor uns.

Der Portier aber – gerade eben, als wir uns an ihm zum Mittagessen vorbeidrängten, erkannten wir es –, der Portier ist eben doch der klügste von ihnen, gewitzt als Witwer. Er hat es frühzeitig gewittert und die anderen gegen uns angestiftet, erfolglos. Eben blinzelte er uns verräterisch an, spielte zerrüttet mit dem bis zum Abend ganz vergeblichen, vollkommen machtlosen Schlüsselbund. Sein Rasseln raschelt für unsere Ohren höchstens wie dürres Laub. Bis zur offiziellen Zeit für die Schließung kann er uns nicht aussperren. Wie hat er es kommen sehen und ahnt, was die Stunde geschlagen hat! Alles durchschaut er ja, und ihm dämmert, mit wem er künftig, mit wem er jetzt schon zu tun hat. »Wir Untröstlichen werden Sie zu trösten wissen«, säuselt ihm die schlanke Lurlei durch sein Schiebefenster zu.

Wink

Was mich angeht, ich nehme mir jede Freiheit. Sitze morgens in der Küche und schlürfe den Kaffee, wenn ich Lust habe, so laut ich will. Wenn eine unserer herben Politikerinnen in der Zeitung mit etwas Honig von meinem Brot beträufelt wird, soll mir das recht sein. Wen geht es was an, ob mir die Haare dabei noch von der Nacht zu Berge stehen, ob ich mein Täßchen, weil mir gerade heute danach zumute ist, unerträglich geziert zum Munde führe?

Und von niemandem lasse ich mir verbieten, ich doch nicht! auch vom strengsten Musikbesserwisser nicht, dabei obendrein Opernmusik anzuhören, italienische Opernarien, mir aber etwas ganz anderes, als vom Inhalt erlaubt wird, dazu vorzustellen, nämlich das, was ich wirklich schon immer empfunden habe, lange bevor ich den Text kannte, also viel, viel Schöneres? Ich meine das, was die Musik eigentlich sagt, denn ich, ich höre das genau!

Viel zu früh, gegen alle Vernunft, habe ich auch in diesem Jahr wieder damit angefangen, das rasch austreibende Gewächs an der Küchentür zum Garten mit seinen fingerartigen Blättern und spiralig gedrehten Tentakeln nach einem gewissen winzigen Gekräusel, nach einer verräterischen Verdichtung, Verknautschung und Verknotung abzusuchen, verhutzelt und versteckt vor der Welt, ein grünes Greisengesichtchen, das im Panzer seiner Falten die einnickenden Seelenreste umschließt.

Überraschend wie jedesmal stand dann eines Tages am kräftigen Stil aus dem Blattwerk heraus ein altmodisches Ausgehtäschchen, bauchig und in fünf ordentlichen Abnähern nach oben zu gerafft, ja, so bot es sich ein wenig affektiert dar: ein Täschchen am Arm einer Frau, die plötzlich anfängt, statt sachlich wie bisher von ihren »früheren Freunden« zu sprechen, von ihren verflossenen »Liebhabern« oder gar »Geliebten« redselig zu plaudern und von glitzernden Karrieren, denen sie sich einst mit Grandezza verweigert habe.

Bis die Spitze der geometrischen Rüschung auseinanderweicht zu fünf plötzlich nebensächlich gewordenen, obschon eigentlich kränzchenbrav erblühten Kelchblättern und ein hellgrüner, schwangerer Ballonbauch sich daraus hervorschiebt, alle Aufmerksamkeit erheischend als das einzig wichtige Lebensfaktum, verdammt! Muß das sein?

Schließlich aber, im Anschwellen, o Gott, schwillt das an! im wulstigen Aufplatzen des ominösen Eis beginnt das Wunder der Arie, formt und modelliert, moduliert sich in weißen und erblauenden Linien, in Bogen und Schwung und Raum herrlich geschweift die jungfräuliche Glockengestalt, die atemberaubende, in der Farbe des tiefblausten Sommerhimmels und steht inbrünstig still, als wären Stunde und Tage ausgelöscht.

Eines Morgens natürlich ist sie verschwunden. Zurückbleibt, betreten nach unten gesenkt vor lauter Jugendlichkeit, eine längliche, auf dem Kopf stehende Knospenfigur, zu der sich die Kelchblätter straff vereinigt haben, und ein wenig unkeusch hängt die unmäßig lange Okapizunge des Antennengriffels, als wären die Proportionen noch nicht geübt, wie bei einem Stimmbruch vielleicht, daraus hervor.

Ich kann dann nicht widerstehen und ziehe die fünf stark geäderten Wände auseinander, um die Maßarbeit der grünen Rakete von innen zu begutachten, die dort aufgerichtet in ihrem Mantel steht, an der Basis von einem festen, fünffach gekerbten Sockel umgeben, in den Startlöchern zum Ausbruch in eine neue Welt.

Dazu, wie gesagt, italienische Oper, Inhalt ohne Rücksicht, aber mit der besseren Einsicht von mir untergeschoben, nach Gusto, Instinkt, Intuition.

Spitzfindig

»Er lebte (nachdem seine Frau ihm diverse Seitensprünge, d. h. allerlei angedeutete und zwei, drei echte, sozusagen im letzten Moment pauschal verziehen hatte), bei ohnehin allmählich reduziertem Triebleben, unter ihrem Pantoffel. Dabei sah er noch immer aus wie ein regierender Pascha, und das gefiel ihr (endlich als Geschenk ohne Nebenrisiken!) natürlich sehr. Sie, die Frau, von den alten Sorgen befreit, legte infolgedessen ihre keifende, zeternde, zänkische und zähneknirschende Frostigkeit fast komplett ab zugunsten einer (wenngleich kinderlosen) mit dem Leibesumfang wachsenden Mütterlichkeit, die er angesichts des allmählich hinter allen Dingen sichtbar werdenden Todesabgrunds wohlig und dankbar annahm. Es war diese unvermutet hereingeschneite Mütterlichkeit«,

er stutzte, er lächelte, fragte sich und nickte entschieden,

»die ihr über die Jahre immer strenger, schmuckloser gewordenes Gesicht zu anfangs sie selbst beleidigenden, ja verbitternden Apfelbäckchen ausbuchtete. Hinter sich hatte er längst die jugendliche Freude ... an was? Hinter sich hatte er längst die jugendliche Freude am Zerstören und tabula-rasa-Machen in einer Welt der Erwachsenen, die er für allzu zäh und beständig gehalten hatte, hinter ihm lag auch die Phase, wo er (noch mitten im Leben, aber eben beängstigend schon in der Mitte) argwöhnisch jeden Hausabriß, jedes Modewort, das ein früheres ablöste, jede Geschäftsaufgabe beäugte und um so frohlockender jedes Zuzwinkern einer halbwegs hübschen jungen Frau bei sich verbuchte als Garant für die Kontinuität seiner eigenen Person (wenigstens). Er war jetzt drauf und dran, sich mit Gleichmut dem unabänderlichen Rhythmus des Lebens und seinen offiziell verbürgten Stadien zu unterwerfen (wie dem Regiment seiner Frau!).«

Das plauderte er schmunzelnd vor sich hin im Vorwärtsstapfen und gemütlichen Scherzen mit der eigenen Biographie. Dabei weidete er sich an den strahlenden Wölbungen der baumlosen Höhe. Solange er die ansah, glaubte er, auch in sich selbst solche Regionen vorzufinden und besteigen zu können.

»Was seine Arbeit betrifft«, fuhr er im Selbstgeschwätz fort, »so pflegte er aus seinen vielen Vorurteilen, die er durchschaute und hätschelte, schriftstellerische Schärfe zu gewinnen. Sein Ziel war jetzt mehr und mehr, den Übersprung von und in Frau Schneider (verheiratet, drei Kinder, gerade im Aldi-Laden unterwegs) etwa hin zur ›Götterdämmerung‹ darzustellen. Übersprung, Ursprung, Hochsprung?« fragte er sich gerade, als er auf einen Mann mit Rucksack traf, der wie er die Bergrundungen im Schnee bewunderte und behauptete, die Berge seien sein Arzt, sein Psychiater, jedes Wochenende stundenlange Sitzungen in Gestalt von Märschen. Wie weich stapften die vergänglichen Wanderer an den dauerhaften Bergmassen vorbei! Dagegen die vielen erfundenen Geschichten, die alle an den Menschen vorüberzogen und von ihnen vergessen wurden im Laufe der Zeit.

»Nur manchmal hätte er ihr für Augenblicke den Hals umdrehen können (ein Impetus, den er sich alles in allem verzieh).«

Hoch oben auf den kalbsköpfigen, flaumigen Rundungen, wo das silbrig schmelzende Licht in die Schattenzonen lief, wo man nie hingelangen würde, er nicht und niemand: vergeblich anspornende Entrückungen. Was mochte in diesem Moment mit Hans, Bernd, Fritz Böllmann, mit Irene, genauer: Irina sein? Unter den schattigen Schneeoberflächen leuchtete es an den Abbruchkanten feurig grün. Irina?

In der Ferne schwankten in der Nähe der Grate riesige Teigtaschen in fahl gespenstrigem Licht. Mild drohten Schneemengen auf den schiefen Ebenen. Es schneite ihm ins Gesicht. Da wollte er sich zur Sicherheit an einen gerade aktuellen Zyklus von fünfzehn Geschichten erinnern, erinnerte sich anstrengungslos an vierzehn, eine fehlte. Weder Überschrift noch Inhalt fielen ihm auf Anhieb ein. Dabei mußte es die sein, die er zuletzt, vor einigen Tagen erst, geschrieben hatte. Die mußte es doch sein? Das war ihm weiß Gott noch nie passiert, er hätte es sich nicht träumen lassen. Eine Überraschung, die ihn befremdete. Er erschrak ein bißchen, zählte sich betreten alles an den Fingern auf, überflog die möglichen Stoffe und Motive, das System der Titel, schüttelte den Kopf hundeartig, um die Flocken, die ihn am Nachdenken hinderten, zu vertreiben. Weg! Noch eben hatte er in den Sohlenspuren jeweils die Schatten der Eindruckkanten gesehen, jetzt, in der Trübung: nichts! Die Räumlichkeit war verschwunden, versumpft jede plastische Eindeutigkeit und Tiefe. Er überblickte gar nicht mehr, wo er hintrat, erinnerte sich ums Verrecken nicht.

Nach einer Weile entsetzte es ihn.

Dabei lag die Geschichte doch zuhause, geschrieben

und gespeichert. Zuhause schon, zuhause! Ja Gott, es schneite, schneite wie wild auf einmal. War ihm schwindlig geworden oder sah die Landschaft nur so aus, wie sie jemandem erscheint, dem schwindlig wird? Was war das für eine Erzählung, in zehn Teufels Namen? Er kam nicht drauf, kannte sie offenbar überhaupt nicht. Man hatte sie ihm geraubt. Einfach zugeschneit diese eine im heuchlerisch sanften, geradezu mütterlichen Flockenfall. Eine graue Sonne stand jetzt plötzlich am Himmel. Oder leichenbleich der Vollmond schon? Sonst erkannte er nichts mehr. Ob was mit seinen Augen war? Schon der Vollmond mit schlohweißem Haar?

»Hinter sich hatte er längst die jugendliche Freude ... Freude an was?« rekapitulierte er mühsam. Er hörte noch einen Glockenschlag im darüber hinaus undurchdringlichen Weiß. Viertel nach! »Viertel nach! Viertel nach!«

Ja schon, aber Viertel nach was?

Hören Sie das? Wenn nicht, macht's nichts: Da, wieder: »Weiweiewewei, weiweiewewei!«

Das muß unsereins jede Nacht, jede Nacht ein paar Mal aushalten, geflüstert, geröchelt, geweint, gebrüllt. Würden Sie nicht ertragen? Lernt man! Unter gewissen Umständen gewöhnt man sich daran, ist sogar dankbar, daß man nicht draußen in der eisigen, eventuell ziemlich gefährlichen Stille liegt, im Handumdrehen womöglich ewigen Stille liegt.

Sie sind einer von denen, die häufig am Gleis 14 stehen und auf den Fernzug warten? Sieht man, Sie sind exakt der Typ, wie soll man sagen, von Kopf bis Fuß aus einem Guß. Ihre Farben, Ihr ganz persönlicher Stil: alle Nuancen zwischen Grau und Schwarz. Ihre Haltung: konzentriert wie Ihr Gesichtsausdruck, wie Ihr Gang. Kein Stäubchen ist an Ihnen zu finden, auch wenn Sie noch rasch aus einem Pappbecher einen Kaffee trinken, ja sogar leicht und beherrscht frierend in ein Croissant beißen. Sie haben den Bogen raus, Ihre Triebe im Griff und machen das sehr beiläufig. Ihr Koffer, dunkelblau oder schwarz auf Rädern natürlich, rrrrrrrr, den Sie so anmutig an uns vorbeiziehen, ist gewissermaßen aus Ihrem offiziellen Fleisch und Blut. Perfekt. Und perfekt drückt er Sie aus. Wo werden Sie und Ihre Kollegen bloß hergestellt und, wenn man so sagen darf, zuverlässig nachgeliefert?

Sie halten die Anzeigentafel im Auge, Sie horchen auf die Ansagen. Das sind Ihre Tätigkeiten, Sie starren in die Schächte, aus denen die Züge heranrasen und in denen sie verschwinden und: rrrrrrrrr rollen Sie dazwischen auf und ab. Ihr Blick fällt manchmal auf die große Roulettescheibe, die Reklame fürs Spielcasino macht? Jaha, da wird auch gerollt, aber immer im Kreis herum geht's da, wie eine Uhr, die verhängnisvolle Glücksuhr. Sie sehen verhext das Stottern der Lichter an, wollen gar nicht hinter das System kommen, glotzen nur geistesabwesend dahin, wo es rundgeht und aufhört, rundgeht und stotternd stoppt, immer woanders. So prägt sich das Bildchen für Sie ein, und eines Tages kriegen Sie Lust, das bunte Herumgesause Ihrer Gewinnchancen in Wirklichkeit ein einziges Mal zu prüfen?

Vermutlich nicht. Als diese Art Werbung da oben montiert wurde, gab es Ihren Typus noch nicht. Sie lassen sich, vollkommen desinteressiert, lediglich ein bißchen zur Ablenkung fixieren bis es losgeht, bis ihr Zug Sie aufschnappt, und fort sind Sie. Dasselbe Prinzip wie Ihr Koffer: reingestopft, Reißverschluß zu und in der silbernen Uniform auf Rädern ab in die Ferne transportiert. Ihre Nachfolger mit den rollenden Vierecken stehen schon bereit, aus den Zügen raus, in die Züge rein, mit den schnurrenden Behältern hinter sich. Unsereins könnte sich vorstellen, es wären immer dieselben, Sie und die Koffer. Niemandem würde das auffallen, allerdings auch nicht, wenn man einige von Ihnen einfach verschwinden ließe. Sie werden gar nicht recht weniger, unsereins dagegen wird es in gewaltigem, im von höherer Seite gewünschten Maß. Natürlich gibt es hier, Bahnsteig 14, auch andere Gestalten, aber Sie, Sie allein bestimmen und dominieren das Terrain.

Unsereins soll hier verschwinden, und also verkrümeln wir uns mehr und mehr, jedenfalls tun wir so. Man will uns Elemente nicht an diesem Ort, es gibt ja auch kaum noch den echten Abfall von Anno Tobak hier, warum denn dann uns? Wir werden mit Maßnahmen entfernt, aber sind trotzdem noch hier, unauffällig, scheinbar als kofferlos Wartende. Das ist zwar halbverdächtig, aber nicht strafbar. Wir könnten ja auch die ärmeren Verwandten von reichen Brüdern sein, die zum Empfang aufmarschiert sind, oder nicht? Wir sitzen mit kaltem Arsch in den erbärmlichen Gittermulden und verfolgen das Ein- und Ausatmen der Züge, der Züge in der Zugigkeit, die Zugigkeit zwischen dem Einsamkeitsgrauen der Tunnelschlünde, treu, als wäre es unsere Heimat und nicht eine der knappen Möglichkeiten, ein Dach überm Kopf zu haben und das Zeichen für Glück in der Nähe, unsere Glühlämpchensonne.

Sie aber, Sie faszinieren und langweilen uns zu Tode. Doch, es ist ein und dasselbe Gefühl, mit dem wir Sie stundenlang, kleine Unterbrechungen inklusive, zur Tarnung studieren. Das heißt, eigentlich beobachten wir nicht Sie selbst, sondern mehr, fast ausschließlich, Ihren Koffer in seiner abweisenden, krampfhaften Verschlossenheit, wie er Ihnen hündchenhaft nachrattert, aber eigentlich so wirkt wie eine große Batterie, die Sie mit der nötigen Energie zum Existieren versorgt. Es juckt uns in den Händen, die Verbindungsleitung zu kappen. Als Streich ja nur, wir sind eben verantwortungslose, früh gealterte Kinder, die sich mit einem Weinchen im Arm und dem unsäglichen »Weiweiewewei« im Ohr vielleicht an eine Jalousie vor einem Fenster erinnern, auf der sich im Gegenlicht für den Dahinterdösenden vor vielen Jahren im Scherenschnitt ein dicker Geranienstock abzeichnete und eine kleine Giraffe, die das Minarett einer türkischen Flasche für Damenessenzen überragte. Lange her solche zierlichen Umständlichkeiten.

Die Koffer kriegt man mit den Augen nicht auf. Wäre es möglich, wir hätten es längst geschafft. Denn unsereins fragt sich natürlich, wie man seine Habseligkeiten erstens derart staatsbürgerlich quadratisch verpacken kann und ihnen einen dermaßen akkuraten äußeren Anstrich geben, so unverräterisch, so einheitlich abgestimmt mit allen anderen. Und doch sind darinnen vielleicht Ihre geheimen Unterscheidungsmerkmale, verrückte, diskriminierende Kleidungsstücke verborgen, die sich in das heuchlerische Viereck ducken, um an verstohlenen Plätzen zu einem tollen Treiben entfacht zu werden?

Ob wir Sie und Ihresgleichen beneiden, wir allezeit Stoppeligen mit schwarzen Zahnlücken und in den Schädel eingesunkenen Augen? Wir wissen es nicht genau. Es ist ja so, daß wir unser fatales Zeug, von Ihresgleichen ausgemustert, verschenkt, weggeworfen, für jeden erkennbar immerzu am Leib tragen. Anders als Sie gönnen wir uns diese Art Ausschweifung tagaus tagein. Viele von uns ziehen ihren gesamten Hausstand hinter sich her in ausgedienten Kinder- und Einkaufswagen, lange bevor Sie auf die Koffer mit den Rädern gekommen sind. Nur dürfen Sie und die Ihren hier bei Gleis 14 ungeniert auf- und abmarschieren und rollen nach Herzenslust, wir um Gotteswillen nicht.

Für uns ist der Bahnhof ein schöner Aufenthaltsort, nicht eine lästige Durchgangsstation. Wir kennen hier jeden Stand, die Mienen der Verkäufer, die Namen ihrer Artikel und die Geruchsmischungen zu den verschiedenen Tageszeiten. Mit einem einzigen Blick erraten wir die Phantasien Ihrer hygienischen Frauen, wenn Sie unsere Gesichter streifen. Das alte Lied: Die Damen träumen von kräftigen Landstreichern oder einem Leben als gestandene Bordellwirtin und nehmen das dann für die Tat, sogar für eine soziale! Aber Sie sind es ja, der mit diesen Hühnern klarkommen muß, nicht wir. Wir haben das lange hinter uns.

Da! Wieder das »Weiweiewewei«! Er gibt und gibt keine Ruhe. Die Roulettescheibe also, an die erinnert sich jeder, nur, merkwürdig, nicht wahr, an die Wand darunter, mit der hier der gesamte Gleisbezirk abschließt, wohl kaum. Alle starren dagegen, wenn sie warten, aber sie, die Wand, bleibt beinahe unsichtbar. Woran das liegt? An dem faden Kachelgelb, an den blinden Fensterchen, an der verrammelten oder zugemauerten, unnützen Pforte. Erinnert sie nicht an die Vorderfront eines uralten, riesigen Radioapparates aus einem Kneipenwinkel, in den nie das Morgenlicht fiel, in dem viel geraucht wurde und besonders an das entsetzliche Beige der üblichen Gardinen dort? Vergessene Aktenberge mit erspitzelten oder schmerzhaft erpreßten Informationen könnten dahinter verborgen sein.

Ist man erst einmal auf den Gedanken gekommen, hier begänne der Eingang zu einer verschollenen Welt, mitten in der Öffentlichkeit, kann man gar nicht mehr wegsehen. So ist es uns allen hier ergangen, und für uns alle hat sich die Erwartung gelohnt.

Eines Tages, eines frühen Nachmittags, in dieser bleich-grauen Stunde öffnete sich die Tür unter der Roulettescheibe und ganz selbstverständlich, mit energischem Schritt wie eine spanische Tänzerin, ist eine junge Frau herausgekommen, ein frischer Luftzug, Geruch nach Heidekraut und Sand, Erinnerung an Falkenschreie hoch in der Luft, eine Frau mit glühendem Haar, herunter bis zwischen die Schulterblätter. Was für ein sanftes, weißhäutiges Gesicht mit den allerweichsten Lippen, kerzengerade in ihrem kurzen rotbraunen Kleid und einem aufflatternden Mantel darüber aus geflammtem Stoff. Hier? Gerade das nahm uns allen, wir wußten nicht wieso, den Atem. So weiß wie ihr Gesicht mußte ihr ganzer Körper sein, das war uns allen sofort klar. Sie duftete wie nackt über die Schienen zu uns herüber und lächelte uns an. Ja, sie lächelte uns zweifellos an und legte sogar dann, ach Gott, was für zärtlich geschwungene hellbraune, fast goldene Augenbrauen! einen Finger auf ihren Mund. Danach ist sie sich mit einer Hand durch die köstlich sich überstürzenden, gekräuselten Haare gefahren, die dadurch wieder anders aufleuchteten. Manche sagen, sie hätte auch kurz die Zungenspitze zwischen die Zähne geschoben. Sie wissen ja, wie das auf uns Männer wirkt, oder nicht?

Aber dann erst ist das Unglaubliche passiert. Ihr Winken! Alle sind sofort aufgestanden. Da hat sie den süßen Kopf geschüttelt und auf einen einzigen gezeigt mit dem wunderschön nackten Finger, zu dieser Tageszeit, wo hier nichts los ist, da hat sie gelockt und befohlen. Der, auf den sie gezeigt hat, der ist ohne Zögern über die Schienen gesprungen, keiner außer uns hat was gemerkt.

Und was machte sie, als er bei ihr war? Sie, so blutjung, hat seine Schulter berührt und gepustet, als müßte sie dort den Staub wegblasen. Dann hat sie, die milde, die feurige Erscheinung, das Türchen geöffnet und ist mit ihm dahinter verschwunden. Was müssen wir blöde hinter ihnen hergestarrt haben! Sesam öffne dich! Ob man den noch mal zu Gesicht kriegte? Natürlich ist ihm niemand nachgerannt, wir anderen waren ja wie gelähmt. Am Abend haben wir uns wie gewohnt zu unseren verschiedenen Schlafplätzen getrollt, jeder in komische Gedanken versunken. Aber am nächsten Tag, zur gleichen Zeit, ging die kleine Pforte, wie wir ja auch ungläubig gehofft hatten, wieder auf!

Heraustrat nicht sie. Nur er.

In Wirklichkeit war er wahrscheinlich nicht viel sauberer oder wohlgenährter als bei seinem Verschwinden, war trotzdem kaum zum Wiedererkennen: glücklich, daß man gar nicht hinsehen mochte. Wie besoffen, der Kerl. Gesagt hat er kein Wort, nur uns allen sein seliges Grinsen gezeigt. Und uns, unsereins war das Ganze dann klar, wir wußten plötzlich, was sich abgespielt hatte, man sah es ihm einfach zu deutlich an. Was zu lachen gab's für uns außerdem: Er roch ganz unverschämt nach ihr! Wir schnüffelten mit einer gewissen Vorfreude. Doch, das ist so sicher wie demnächst wieder das »Weiweiewewei«.

Inzwischen hat sich alles eingespielt. Sie sehen ja, was für ein herrliches Reich sie sich hier, hinter der faden Roulettewand eingerichtet hat, Zimmer von verwegener Üppigkeit, wenn auch wir, solange sie uns nicht ruft, die Nächte etwas schlichter verbringen müssen. Immerhin aber geschützt und in ihrer Nähe, vor allem immer in Erwartung eines Zeichens von ihr. Manche, die bei ihr geschlafen haben, sagen, sie sei aus dichtester Nähe nicht ganz so vollkommen, nicht ganz so zart und zaubrisch jung wie es über die Gleise hinweg anfänglich den Anschein hatte. Aber niemanden stört es. Wir folgen ihr in die Kissen und ins Glück, sobald sie winkt, mal diesem, mal jenem. Das ist Spielregel und Gesetz. Sie bestimmt, unumschränkt. Wir anderen schlüpfen im Abenddämmern durch die Pforte und ungebraucht im Morgengrauen wieder raus. Für uns alle hat sie Kleidungsstücke. Irgendwas paßt uns immer davon, sehr gute, modische Männertextilien, besonders Schlafanzüge. Auch zu essen gibt sie uns, feinste Sachen, Champagner, Kaviar und Fruchtschnitten, wie man sie in den Reformhäusern kaufen kann und außerdem Medikamente, Männermagazine für jeden noch so intimen Anlaß.

Zuerst haben wir uns so sehr über sie selbst in ihrer schmiegsamen Güte, in ihren rot und grün glänzenden Insektenkleidern und über ihre am ganzen Körper aufstrahlenden Sommersprossen gewundert, daß wir uns nicht fragten, wo die unerschöpfliche Quelle für ihre Reichtümer wohl sein könnte. Wir warten geduldig, bis sie uns auswählt, denn irgendwann, wissen wir, werden wir nach dem ersten unvergeßlichen Mal wieder an die Reihe kommen, gehen am Tage hier unseren kleinen Geschäften nach, noch viel enger an das Gleis 13/14 gebunden als vorher, finden nachts bei ihr Unterschlupf.

Man redet kaum mit ihr. Das ist nicht nötig. Sie stottert nämlich. Sieht man ihr dann fasziniert auf die blutroten, blutjungen Lippen, wird es immer ... schlimmer. Aber es ist ja gar nicht schlimm. Unsereins ist deshalb nur noch gebannter von ihr.

Da, haben Sie es mitgekriegt? »Weiweiewewei, weiweiewewei«! Diesmal hat er geflüstert. Er kann es auch aus sich herausweinen.

Die Sachen, die sie uns schenkt, das haben wir natürlich irgendwann gemerkt, waren meist tadellos, allerdings fast nie ganz neu. Frisch gewaschen, aber schon benutzt, so was stellt selbst unsereins fest. Wir sind schließlich hinter ihr Geheimnis gekommen, und es graut uns seitdem. Niemand würde sie jedoch in Schwierigkeiten bringen, wir sterben gewissermaßen für sie, für unseren schönen, gefährlichen Engel.

Es ist passiert, als einer von uns beinahe unter den Zug gekommen wäre und es große Scherereien mit dem Bahnpersonal gab. Auch wenn man kaum noch welches sieht, in diesem Augenblick war jemand zur Stelle. Der Zug muß mit viel zu hoher Geschwindigkeit eingefahren sein und hinten, im Dunkeln, wo wir uns angewöhnt haben, die Schienen zu überqueren, konnte einer von uns nur noch mit allergrößter Mühe aus dem Graben hochklettern. Er hat behauptet, runtergefallen zu sein, doch schon sah man einen weiteren Grund, uns hier vollkommen zu entfernen, wenn wir keine der rrrrrollenden, rrrratternden Koffer zum Beweis unseres regulären Fahrgastcharakters bei uns hätten.

Da hat sie uns den anderen Weg unter die Roulettescheibe gewiesen. Vom Stand mit den Spirituosen und Süßwaren, Sie kennen ihn ja jetzt selbst, führt ein kleiner, gut verborgener Aufzug zu einem alten Tunnel unter den Gleisen hierher, seit langem unbenutzt, nur die Inhaberin des Standes weiß noch davon und sie, unsere Göttin. Die beiden schmuggeln uns hin und her. Dafür hilft unsere schöne Wirtin ab und zu bei Hochbetrieb am Stand aus, verkleidet natürlich, die Haare unter einer Mütze, in einem unförmigen weißen Kittel mit normalerweise niedergeschlagenen Augen. Wir dürfen sie dort keinesfalls ansprechen. Sie geht ja ihrem erschreckenden Geschäft nach.

Manchmal nämlich, Sie haben es erlebt, hebt sie die Wimpern und sieht einen Mann mit ihren grüngrauen, ganz leicht schielenden Augen an. Er hält diese Sekunde für sein größtes Glück, dabei ist es sein Unglück. Sie lächeln? Tun Sie's ruhig. Es versteht sich, daß dieser Mann immer einer mit rollendem Koffer ist, ein Mann aus einem Guß, zwischen zwanzig und fünfundvierzig, in den erwähnten diskreten Farben. Kurze Zeit später sind die beiden in Aufzug und Tunnel verschwunden. Der Mann vermutlich, Sie wissen es besser als unsereins, mit klopfendem Herzen, sie dagegen, was soll man es beschönigen, absolut kaltblütig. Jaja, lächeln Sie nur.

Ich werde Ihnen sagen, was dieses gestöhnte und gelallte »Weiweiewewei« bedeutet. Der Mann träumt jede Nacht von seiner alten Adresse, wo ihn seine Frau an die Luft gesetzt hat, direkt am Waldrand, mit ihren Anwälten abgeschoben in die Mittellosigkeit: Zweiweiherweg zwei! Seine Heimat, seine Vergangenheit. Abgeschoben für so einen kompletten und willensstarken Koffermann wie Sie, für so einen, wie man sie hier auf den Wahlplakaten sieht. Sein Sehnsuchtsschrei: Zweiweiherweg zwei! Ihm fehlen zu viele Zähne inzwischen, um es noch korrekt zu artikulieren. Ist ja auch egal. Es bringt ihn ja keiner dorthin zurück

Unsere bildhübsche Stotterin, auf die Sie noch immer warten, nicht wahr? hat mit Zorn zur Kenntnis genommen, daß man unsereins hier, in den blitzsauberen Weltstadtkorridoren, nicht mehr dulden will. Wir haben keine Ahnung, woher sie gekommen ist und seit wann sie in den geheimen Gewölben haust, aber das wissen wir genau: Sie könnte bei ihrer phantastischen Schönheit sicher mit reichen Männern leben, doch bei denen, sagt sie, kriegt sie Plapapplatzangst. Ihr gefallen unsere unrasierten Gesichter besser. Besser als beispielsweise Ihres, guter Mann. Sie ist der Meinung, wenn von unserer Sorte immer mehr hier verschwinden müssen, dann auch gefälligst von der Ihrigen. Verstanden? Ihr Kofferinhalt bleibt uns erhalten, Sie selbst jedoch … muß ich deutlicher werden? Ein verruchtes Abenteuer möchten Sie riskieren, bei dem man sich pikanterweise einmal richtig dreckig machen kann? Sie sind gar nicht ihr Geschmack, Sie werden, gleich ruft sie, hier spurlos beiseite geschafft. Grinsen Sie meinetwegen, das tun Ihresgleichen alle, bis es soweit ist.

Ah, es dauert nicht mehr lange, dann kommt sie herangestöckelt. Ah, dieses Tacktack! Dieser raffiniert linkische Hüftschwung unter dem geschmeidigen Kleid, das sanfte Gesicht umsprudelt von den brennenden Locken. Man schwärmt, wir alle tun es, wir alle hoffen. Sie, mein Alter, sollten es lassen. Wenn sie Ihnen das Zeichen gibt, müssen Sie ihr folgen in die hinteren, üppigen Räume mit den Kissen. Da! Hören Sie ihre Schritte?

Noch schnell dies: Sie ist, ganz recht, eine Mörderin, es ist uns mit Entsetzen klargeworden, nur fürchten wir uns nicht. Wir haben keinen Grund dazu. Sie geht ihrem blutigen Geschäft nach, sie wird sich Ihrer noch vor dem Vergnügen, mit dem Sie rechnen, entledigen. Es gibt hier genug Möglichkeiten der Lagerung und Entsorgung, wie Sie in Ihrem ordentlichen Leben sagen, wenn es um Abfälle geht.

Wir sind Mitwisser und Nutznießer ihrer Verbrechen und können nicht mehr zurück. Niemand will es. Wir sind voller Bewunderung für ihre kriminellen Taten, auch wenn es uns davor graut. Keiner könnte sagen, wie sie es mit Ihrer Sorte so geräuschlos und mühelos bewerkstelligt. Die durchsichtige Milde ihres Blicks, ihre Mondscheinhaut und ihr Duft nach Heidekraut im November bleiben davon unangetastet. Man glaubt, wenn man sie sieht und nach vielen Nächten einmal berühren darf, den Flaum ihrer Seele zu spüren und nimmt sich deshalb sehr in acht, so gut wie wir es mit unseren groben, nichtsnutzigen Händen nur können.

Da, sie erscheint, sie hat die Zungenspitze zwischen die Zähne geschoben, sie erteilt Ihnen das Signal. Es ist soweit. Ihren Koffer ziehen Sie getrost hinter sich her in Ihre ganz spezielle Liebesnacht. Wie wachsam er knurrt! Hören Sie das? »Rrrrrrrrr. Wauwauewewau, rrrrrrrrr, wauwauewewau!« Einen betörenden Anblick bieten Sie mit dem Ding da hinter sich, einen, das schwören wir, unwiderstehlichen!

Sieht sie nicht toll und umwerfend aus? Das wippende, das heißblütige Leben selbst schält sich aus dem Lumpenhintergrund, tritt hervor mit loderndem Haarschweif. Flammende Herbstmoore, lange vergessen? Das noch für Sie als Hinweis vielleicht: Niemand hat sie je essen oder trinken gesehen. Ah, diese kindlichen Lippenkissen, von Küssen geformt und doch wie noch niemals von ihnen gestreift. Diese rachedurstigen Lippenpolster, wie es in ihnen pocht vor Vovorfreude und Lullust!

Fünfzehnmal Natur?
Ein Nachwort*

»Hab ich das Licht angesehen, wenn es hell leuchtete, und den Mond, wenn er herrlich dahinzog, daß mich mein Herz heimlich betört hätte, ihnen Küsse zuzuwerfen mit meiner Hand?« Hiob, auf der Suche nach einer Schuld und damit der Ursache für sein Unglück, kann sich von solcher »Missetat« freisprechen. Bevor man aber der Neigung nachgibt, gerührt über die Skrupel des biblischen Fragestellers zu lächeln, sollte man sich rasch klarmachen, daß heiß verliebte Kußhändchen, ob Richtung kosmische oder irdische Natur, riskierte sie jemand heutzutage, durchaus als Fehltritt gelten würden, nämlich, falls ohne faustdick demonstrierte sogenannte *Gebrochenheit*, als intellektuell-künstlerisch peinlich.

Das hat mindestens drei Gründe: Erstens bietet eine in die Defensive gedrängte Natur keinen Anlaß zu Euphorien. Wie nun wirklich jedes Kind weiß, verringern sich tropische Urwälder und Ozonschicht wesentlich rapider als bisher angenommen, und im Zuge staatlicher Sparmaßnahmen werden nationale und internationale Forderungen der Umweltschützer als unbilliger

* Dieser Text erschien zuerst 1990 als Kolumnenbeitrag in der Zeitschrift *konkret* unter dem Titel »Literatur und schöns Blümelein«. Er wurde für diese Ausgabe von mir leicht überarbeitet. Im selben Zeitraum entstand die Geschichte »Die Wiese« (Erstabdruck in: *Nach Musil. Denkformen*, hrsg. von Lucas Cejpek, Wien 1992). Sie ist der Ausgangspunkt für alle übrigen der hier versammelten Texte, die ansonsten ausnahmslos 2003/04 geschrieben wurden.

Luxus abgetan. Das gilt selbstverständlich auch für längst auf dem Umweltgipfel von Rio de Janeiro beschlossene Minimalvorhaben.

Zweitens ist die Zeit der nicht-menschlichen, von den Menschen zwar seit jeher veränderten, aber doch nicht von ihnen fabrizierten Natur – läßt man einmal getrost ihre sich allerdings häufenden und noch in Aussicht stehenden katastrophischen Lebensbeweise beiseite – gemäß der Abfolge philosophisch-ästhetischer Naturauffassungen durch die Jahrhunderte hindurch sowieso längst abgelaufen.

Drittens haftet dem Vertrauen in unmittelbare Anschauung im Zeitalter von Simulation und primär stattfindender Sekundärerfahrung, wo sich einer vorgestylten Wahrnehmung logischerweise die passende Avantgarde-Natur darbietet, etwas schon widerlich Unmodernes, ja wanderburschenhaft Nostalgisches an.

Vorbei also ist es mit den »viel hunderttausend Blümelein«, die nach der Auskunft eines frühen unbekannten Dichters durch die Mahd des Schnitters Tod »in den himmlischen Garten« versetzt werden, verwoben in den differenzierten Pflanzenteppich der Ewigkeit, auf dem die gemalten Madonnen in Rosenhag und Paradiesgärtlein seit mehr als fünfhundert Jahren vogel- und blumengleich ruhen.

Vorbei ist es für »himmelfarbne Ehrenpreis, Tulipanen gelb und weiß, die silbernen Glocken, die goldenen Flocken«, egal ob diesseits oder jenseits der definitiv zuschlagenden Sichel oder Sense. Im Gartencenter selbstverständlich nicht, ganz im Gegenteil, aber dafür um so unerbittlicher in der tonangebenden Literatur. Vorbei für die glück- und tränenseligen, zugleich hochkomplizierten Naturemphasen Jean Pauls, für Eichendorffs: »Hör nur, wie der Fluß unten rauscht und die Wälder, als wollten sie auch mit uns sprechen und könnten nur nicht recht!« Weg auch mit Annette von Droste-Hülshoffs: »Süße Ruh, süßer Taumel im Gras, von des Krautes Arome umhaucht, tiefe Flut, tief tieftrunkene Flut«, mit Sapphos »unter den Flügeln entströmt schrill der Gesang der Grille, wenn sie dumpf über dem Feld lagernde Glut bezaubert«. Denn: Wenn die von der Natur hervorgerufenen, in Verse geformten Halluzinationen und Tröstungen nur noch taugen als wehmütig zu goutierende Historie, als Reminiszenzen und Museumsstücke, ausgeliefert der Langmut germanistischer Grabpflege, dann sind sie in Wirklichkeit selbstverständlich gestorben, dann stirbt, gerechterweise, mit der Natur auch die ihr gewidmete Literatur. Erzielt diese nämlich nicht mehr im resonierenden, respondierenden Leben ihre Treffer, hat sie das ihrige ausgehaucht.

Das sagt sich leichter, als es zu ertragen ist. Wie soll man sich denn verhärten, um noch einmal auf Mond und Sappho zurückzukommen, gegenüber solchen Zeilen: »Alle Sterne rund um den Mond, den schönen, müssen rasch die helle Gestalt verstecken, wenn er ganz vollendet am stärksten leuchtet über der Erde silbrig strahlend«? Weiter mit dem Erdtrabanten, der ja, wie man hört, durch die Fußstapfen der Astronauten auch nicht mehr der alte ist, nun aber nicht wie eben in einem Gedicht von etwa 600 v. Chr., sondern aus dem 19. Jahrhundert: »Dies war der gepriesene, der begehrungswürdige Anblick, ungesucht, dargeboten so leichthin, der mich entfaltete, Blatt um Blatt, mir trennte Lid um Lid meines Schlummers«: *Mondaufgang* von Gerard Manley Hopkins, dem leidenschaftlichen, sprachgewaltigen Dichter der einzelnen Naturerscheinungen. Und in frostigem, doch nicht geringerem Pathos: »Der Mond als Schlußstein des schief zugespitzten Himmelsgewölbes«, so beobachtet von Arno Schmidt in *Schwarze Spiegel*, einer Science-Fiction-Erzählung aus der Zeit nach dem 3. Weltkrieg, Mitte des 20. Jahrhunderts erfunden. Für ihn waren die Fähigkeiten eines Autors beim beschreibenden Suggerieren von Natur bekanntlich das wichtigste Kriterium für dessen Beurteilung. »Momentan«, so Ror Wolf, »steht der Mond auf dem Kopf, und die Kältetöne, das eisige Splittern hoch in der Luft, als würde der Himmel einfach zerrissen zerschlitzt und zertreten mit einem Tritt.« Wenig später die andere Seite des Mondes: »Was hat er? Zu singen angefangen, zu singen!« Aber weg und vorbei, wie gesagt, mit Mondäugigkeit und Wald- und Wiesenekstasen?

Die Natur ist, über alle generellen Definitionsprobleme der *natura naturans* und *natura naturata* hinaus, ein allerdings prekär gewordener Begriff, wenn man dahinter die Auffassung vermutet, ihr normativ und in toto auf den Leib rücken, aber auch, sich pauschal von ihr distanzieren zu können. In der Konstruktion einer linearen Epochenabfolge erscheinen die philosophischen, ästhetischen, wissenschaftlichen Bemächtigungen als herrische Enträtselungs-, auch Kastrationsversuche, denen sich *die Natur* konstant entzieht, u. a. deshalb, weil sie die zuverlässige Nicht-Konstante ist, wenn es sein muß mit eingeplanten planetarischen Zerstörungsphasen. Gleich hier zeigt sich, daß man ihr höchstens dialektisch beikommt, was letztenendes auch nur eine Krücke ist. Die Bemühung um Rettung von Natur in Form von Landschaft, Tier, Wirkungszusammenhang könnte ein vorläufiger Widerstand sein gegen das kältere Naturgesetz einer vorprogrammierten Auslöschung terrestrischer Episodennatur.

Auch wenn man sich darauf beschränkt, über Natur als anschaubare Gestalt zu reden, geht es widersprüchlich genug zu. Mit ihr haben sich die Dichter seit je beschäftigt, und welcher bedeutende, gleichgültig welcher Epoche, hätte stets in ihr eine eindeutige gesehen! Die Erkenntnis des einfachsten »Blümelein« wird immer nur eine partielle sein, weit entfernt von dessen Totalität, weit entfernt von der Gesamtheit der Aufreizungen, die es in der Summe möglicher Betrachter bewirken könnte. Und ist Erkenntnis, bezogen auf Literatur, überhaupt das richtige Wort? Viel eher handelt es sich hier wohl um Natur als Stimulans und einzigartigen Projektionsträger. Natur, die immer beides ist, geordnet und chaotisch, verschwenderisch und ökonomisch, triebhaft und rituell, zunehmend reglementiert und um so eher entgleisend, direkt und zeichenhaft, geschminkt, simulierend, erweist sich als Speicher von Kindheitserinnerung, als Trost und Zurückweisung, als schiere Oberfläche und Struktur, Stimmungserzeugerin und -zerstörerin, beispielsweise durch kleine meteorologische Schwenks, als sprechend und stumm, als Vorbild und Abschreckung: Sie wirft dezidierte Gestalten, bleibt dabei wesensgemäß aber immer vieldeutig und macht den zum Narren, der glaubt, ausgerechnet sie als eindeutige, ob praktisch oder abstrakt, vereinnehmen zu dürfen. Freilich kann man sie vorübergehend stilisieren, zur Rachegöttin, zur Mutter, zur Maschine, ganz nach Geschmack.

Nicht um Verabschiedung, meine ich, von Perspektiven auf die Natur geht es, sondern um Zugewinn von – auch extremen – Sichten. Wie in der Literatur selbst. Ist nicht das Nebeneinander, das schnelle Hin und Her von Blicken auf die Natur das ihr eigentlich Angemessene, das, was ihrer unendlichen Facettierung, ihrer Komplexität als Energie, Mathematik und ästhetischem Gebilde sowie deren Wirkung auf uns am nächsten kommt? Ja, aber müssen die Anstrengungen der Literatur angesichts der auf dem Planeten sterbenden Erscheinungen in Flora und Fauna nicht andere sein als das Wuchern mit Perspektivenreichtum?

Keine Fernsehsendung über Landschaften und Tiere endet ohne Hinweis auf ihre Gefährdung und übernimmt damit, manchmal etwas zu mechanisch, einen wichtigen Part. Gerade wenn die Utopie von Natur noch etwas anderes ist als strahlungsfreies Gemüse, hormonarmes Fleisch, touristisches Freiheitssignal und Artenvielfalt, muß Literatur weiterhin und exzessiv dieses, ihre primitive Nutzbarkeit (Eichendorff: »Wald und Rehe, als wenn das alles nur so zum Einheizen und Essen wär!«) übersteigende Andere konkretisieren, nicht nur im abgeklärten Spiel der Beleuchtungen, auch mit dem Ernst des weder Entsetzen noch Überschwang scheuenden Hinsehens.

In den Schoß allerdings, was häufig vergessen wird, fallen Mond und »himmlische Schlüssel« niemandem. Auch die Betrachtung des infantilsten Gänseblümchens hat ihre Initiation, ihr heimliches Zeremoniell. Gerade für das scheinbar Natürlichste, das sogenannte Naturerlebnis, gilt wie für die Kunst Spinozas Satz: »Alle Herrlichkeit ist ebenso schwierig wie selten.«